Weißt Du noch...?

Erinnerungen an unsere Kindheit

Claudia Aretz

Herstellung und Verlag:
Books on Demand GmbH, Norderstedt
ISBN 978-3-8423-6452-3

Dieses Buch ist meiner Schwester Nina gewidmet. Danke, dass du immer für mich da bist!

Vorwort

Die Idee zu diesem Buch kam mir, als ich mich kürzlich mit meiner Schwester unterhielt. Es war auf einer Geburtstagsfeier und wir kramten im Gedächtnis nach einer Erinnerung aus unserer Kindheit. Mir fielen eine Menge Dinge wieder ein, während meine Schwester auf einmal ganz traurig aussah. "Du, ich weiß das alles gar nicht mehr! Irgendwie habe ich kaum noch Erinnerungen an meine Kindheit...", sagte sie plötzlich. Lange habe ich darüber nachgedacht und mir die Frage gestellt: Was weiß ich alles noch? Manche Erinnerungen kamen in letzter Zeit von selbst, bedingt durch meine zweijährige Tochter. In ihr finde ich mich oft selbst wieder. Dann hatte ich die Idee, ein paar Erinnerungen einfach aufzuschreiben, um sie meiner Schwester zum Lesen zu geben. Einmal angefangen, tauchten plötzlich Hunderte von Geschichten, Bildern und Gedanken wieder auf. Ich schrieb zwei Wochen lang durch und wusste eines Morgens: Das wird ein ganzes Buch! Je öfter ich nachdachte und in Gedanken zurück in die Vergangenheit wanderte, um so mehr Bilder kamen mir ins Gedächtnis zurück. Mit den Bildern kamen dann sogar Gerüche und Gefühle aus dieser Zeit auf. Es sprudelte und sprudelte. Vieles war verschüttet, manches auch verdrängt.

Es gab nicht nur Sonnenzeiten in unserer Kindheit. Wir haben auch schwere und traurige Zeiten durchgemacht, aber um die soll es hier nicht gehen, denn ich möchte nur über das Schöne schreiben. Des Weiteren sind diese Schattenseiten sehr privat und haben in einem öffentlichen Buch meiner Meinung nach nichts zu suchen. Mit Sicherheit habe auch ich eine Menge Erinnerungen vergessen. Vielleicht kommen sie erst später wieder, vielleicht habe ich auch manche Erlebnisse nicht mehr genau in Erinnerung. Ich hoffe jedoch, ich habe das, was ich behalten habe, korrekt wiedergegeben. Ich habe dieses Buch meiner Schwester gewidmet und für sie geschrieben, weil sie seit meiner Geburt mit die wichtigste Person in meinem Leben ist, und dies bis heute. Sie ist Freundin und Vertraute; sie gibt mir Halt, Unterstützung und das Gefühl von Liebe und Geborgenheit.

Die Namen sämtlicher Personen in diesem Buch (mit Ausnahme meiner Schwester, meiner Nichten und meiner besten Freundin) habe ich aus rechtlichen Gründen geändert.

1. Kapitel

Meine frühesten Kindheitserinnerungen beginnen etwa im Alter von zwei Jahren. Meist sind dies nur kurze Episoden und Bruchstücke, aber einige Bilder davon sind glasklar. Ich fragte meinen Vater eines Tages, weil mir ein Bild im Kopf herum ging. Ich war noch sehr, sehr jung und wir haben irgendeine entfernte Verwandte besucht. Ich weiß noch, dass sie in irgendeinem Heim lebte und wunderte mich, dass die alte Frau ein merkwürdiges, schwarzes Kleid trug. Dann sehe ich mich selbst auf einem Sessel sitzen. Meine Beine reichen nicht mal über den Sitz hinaus. Das glasklare Bild dieser Situation ist, dass ich meine kleinen Ärmchen auf die Sessellehne gelegt habe. Der Sessel ist dunkelgrün und auf den Armlehnen befinden sich weiße Spitzendeckchen, an deren spitzen Enden ich herumfummle. Als ich meinem Vater davon erzählte, war er überrascht und rief: "Mein Gott, da warst Du zwei Jahre alt! Wir haben eine Verwandte besucht, sie war eine Nonne." Deshalb also dieses schwarze "Kleid". Ist es nicht erstaunlich, wie weit so eine Erinnerung zurückreicht?

Es gibt mehrere solcher Gedankensplitter.

Einmal fuhr ich mit meinen Eltern in ein Möbelhaus. Damit sie in Ruhe stöbern konnten, wollten sie mich im Kinder-Bälleparadies parken. Normalerweise liebte ich es, in die Menge bunter Plastikbälle zu springen, aber an diesem Tag wollte ich nicht alleine sein. Ich schrie mir die Seele aus dem Leib und meine Eltern wurden sofort wieder ausgerufen. Mit Engelszungen redeten sie auf mich ein, doch ich wollte mich nicht beruhigen. Mit der Konsequenz, dass sie mich schließlich wütend ins Auto packten und trotzdem durch das Möbelhaus liefen. Ich schrie im Auto weiter.

Meine eigene Tochter ist mittlerweile ein richtiger Wirbelwind. Sie rennt einfach blindlings drauf los. Wenn ich dann rufe, um sie zu stoppen, wird sie meistens noch schneller. Lange fragte ich mich, warum mich das so wütend macht. Dann fiel mir wieder ein, dass ich in diesem Alter genauso war. Ich hing ständig an Mamas Rockzipfel. Häufig fuhren wir in die Stadt zum Shoppen. In den Kaufhäusern fegte ich durch die Kleiderständer, während meine Mutter sich in Seelenruhe Kleider ansah. Durch meinen Freiheitsdrang verlor ich sie dann meist aus den Augen und fing dann an zu schreien. Meine Mutter antwortete mir immer sofort und suchte nach mir. Ich machte immer wieder den Fehler, dann in Panik loszurennen, anstatt auf der Stelle, wo ich mich befand, stehenzubleiben. Das erschwerte meiner Mutter die Suche jedes Mal. Immer wieder ermahnte sie mich, doch einfach stehen zu bleiben und weiter zu rufen. Und doch rannte ich immer wieder weiter durch die Kleiderständer, wo sie mich aufgrund meiner Größe nicht sofort sehen konnte.

Dann erinnere ich mich an einen Urlaub in Italien, wo wir bei einem Arbeitskollegen meines Vaters in Bergamo gewohnt haben. Er hatte zwei Töchter, wenn ich mich recht erinnere. Mit der kleinen Tochter konnte ich mich nur mit Händen und Füßen verständigen, denn natürlich sprach sie kein deutsch und ich kein Wort italienisch. Dennoch hockten wir stundenlang auf dem Fußboden, malten Bilder mit Schablonen und machten Zeichensprache. Es funktionierte erstaunlich gut, aber das ist bei kleinen Kindern nicht ungewöhnlich. Dann weiß ich noch, wie ich in eine ganz kleine Miniküche blickte. Dort drin standen mehrere Frauen und bereiteten selbstgemachte Ravioli zu. Ich sehe noch die riesige Teigplatte, die den ganzen Arbeitstisch bedeckte. Eine der Frauen machte mit einem Löffel kleine Häufchen mit der Füllung. Dann wurde eine zweite Teigplatte darüber gelegt, angedrückt und mit einem Rädchen die Raviolis ausgestochen. Man gab mir eines zum probieren, aber ich fand es im rohen Zustand nicht sehr genießbar. Später wurde an einer sehr langen Tafel mit ganz vielen Menschen acht Stunden lang (!) gegessen. Wir Kinder durften aber aufstehen und spielen, da wir ja nicht so lange stillsitzen konnten. Ich glaube, bei diesem Urlaubsbesuch war ich auch erst knapp über zwei Jahre alt.

Mit drei Jahren kam ich in den Kindergarten. Ich wollte nicht dort hin, ich wollte viel lieber den ganzen Tag bei meiner Mutter bleiben. Natürlich musste ich gehen. Zunächst blieb meine Mutter einige Zeit bei mir, dann musste ich alleine dort bleiben. Ich tat mich lange Zeit sehr schwer und pinkelte jeden Tag in die Hose. Auch da habe ich wieder ein Bild vor Augen, wie ich auf einem Holzstuhl sitze und merke, dass ich wieder in die Hose machte. Die Kindergärtnerinnen nahmen es recht gelassen. Ich hatte später ein ganzes Kleidersortiment zum Umziehen dort und teilweise wuschen sie die Sachen direkt, denn es gab sogar eine Waschmaschine.

Die nächsten Erinnerungen sind aus späterer Zeit, sie beginnen wieder im Alter von etwa vier bis fünf Lebensjahren. Damals bewohnten wir eine kleine Wohnung in Kaarst. Den Grundriss dieser Wohnung habe ich heute noch fast perfekt im Kopf. Es war ein Mehrfamilienhaus, ich glaube mit vier Etagen. Das Nachbarhaus besaß ein kleines Schwimmbad, dass wir mit benutzen durften. Es war zwar sehr karg eingerichtet, aber ich ging gerne mit meinen Eltern dort schwimmen. Von außen konnte man nur hinein sehen, wenn man auf einer kleinen Mauer der Tiefgarageneinfahrt, die sich darunter befand, balancierte.

Meine Schwester Nina und ich hatten bereits in dieser Wohnung je ein eigenes Kinderzimmer, zur damaligen Zeit keine Selbstverständlichkeit. Die Kinderzimmer befanden sich rechterhand von der Eingangstüre. Im Alter von vier Jahren bekam ich die Masern. Heutzutage werden die Kinder bereits im Babyalter gegen sämtliche Erkrankungen geimpft, die wir früher noch alle durchmachen mussten. Wir bekamen die Masern, Windpocken, Pseudo-Krupp und Röteln. Ich kann mich noch gut daran erinnern, dass der ganze Körper juckte und wie schwach ich mich fühlte. Nachts zog mir meine Mutter weiße Baumwollhandschuhe an, damit ich nicht alles aufkratzte und unschöne Narben behielt. Ich weiß noch genau, wie Nina, die vier Jahre älter war als ich sich weigerte, mit mir zu spielen. Sie hatte Angst, sich anzustecken und mied mich. Ich konnte dies nicht verstehen und heulte mir die Augen aus dem Kopf. Meine Mutter griff tief in die Trickkiste. Sie stellte eine Kiste Bausteine genau in den Türrahmen. Ich kann diese Kiste immer noch vor meinem geistigen Auge sehen und fühlen. Sie war orangegelb und viereckig, eine ganz besondere Plastikkiste, ähnlich einer Ölwanne ohne Deckel. Dann erklärte sie meiner Schwester, dass ich in meinem Zimmer bleiben würde und die Schwelle nicht übertreten dürfe. Danach setzte sie meine Schwester auf die gegenüberliegende Seite und behauptete, sie könne sich so nicht anstecken, da sie ja außerhalb des Zimmers sitze. So saßen wir nun, genau gegenüber, einer drinnen und einer draußen und griffen in die gleiche Kiste. Ich war zufrieden, denn ich liebte es, wenn sie mit mir spielte. Sie war beruhigt, weil sie nicht im Gefahrenbereich saß und so spielten wir stundenlang. Natürlich bekam meine Schwester die Masern, das war ja auch der Plan unserer Mutter. Damals war man froh, wenn sich die Kinder möglichst schnell ansteckten, damit man eine Erkrankung mit einem Abwasch durchmachte und danach Ruhe hatte. Gespielt hat meine Schwester mit mir jedoch immer wieder gerne. Am liebsten spielte ich mit ihr ein Angelspiel. Man konnte ein Pappquadrat mit aufgedrucktem Aquarium aufstellen und Fische hineinlegen, an deren Körpern Magnete befestigt waren. Dann setzte man sich mit Abstand vor das Aquarium, nahm eine Angel (auch mit Magnet) und versuchte, einen der Fische anzuziehen.

Meistens hing ich mit dem Gesicht in der Pappkiste, weil ich sonst nie etwas gefangen hätte. Meine Schwester sah darüber großzügig hinweg und ließ mich fast immer gewinnen.

Links neben der Eingangstür war das Gästeklo. Dahinter verbreitete sich der Flur und es gab eine Nische, in der ein großer, massiver Ofen stand. Meine Mutter ging eines Tages spazieren und sah zwei davon am Straßenrand stehen, bereit für die Abholung durch den Sperrmüll, der damals nicht nur auf Anfrage, sondern regelmäßig kam. Sie verliebte sich in den antiken Herd und klingelte an der Tür des Besitzers. Dieser lachte und sagte ihr, sie könne ihn sich gerne weg holen, wenn ihr Herz daran hängt. Am selben Tag organisierte meine Mutter den Abtransport und der Ofen kam in unsere Wohnung. Die Nische war abgetrennt durch einen schweren Vorhang, der eine merkwürdige braun-lila Farbe hatte, irgendwie irisierend und der um die Ecke ging. Manchmal zog meine Mutter den Vorhang zu, jedoch nicht all zu oft, denn meine Schwester hatte die blöde Angewohnheit, mit einem Affenzahn um die Ecke zu rasen und knallte häufig genau vor den Ofen. Irgendwie verletzte sie sich dauernd, was ihr den Namen "Fleckenpaula" einbrachte, wegen der zahllosen blauen Flecken, die sie sich dabei zuzog. Hinter der Nische mit dem Ofen befand sich unsere Küche, in der ein wundervoller Vitrinenschrank stand, den meine Mutter zu meiner Geburt von meinem Vater geschenkt bekam. Er hatte viele Verzierungen im Holz und einige Geheimfächer. Es gibt ihn heute noch, er steht, noch 21 Jahre nach dem Tod meiner Mutter bei meinem Vater im Wohnzimmer. Auf dieser Vitrine stand auf dem kleinerem Schrankaufsatz ein antikes Schmuckstück meiner Mutter, eine riesige, grüne Eisenwaage. Sie diente nur noch als Dekorationsartikel, hatte aber sogar noch die Eisengewichte. Ich glaube, sie wog unendlich viele Kilo, denn alles bestand aus massivem Eisen. Auf dem unteren Schrankteil befand sich ein großes Glasgefäß, in dem meine Mutter stets Süßigkeiten für uns bereit hielt. Wir reichten mit unserer Nase noch nicht an das Glas heran, konnten es aber gut sehen. Eines Tages beschloss meine Schwester, etwas Süßes aus diesem Glas zu stibitzen und kletterte dazu mit Hilfe eines Stuhles auf den Schrank. Dabei hielt sie sich fatalerweise an dem oberen Aufsatz fest, um nicht herunter zu fallen. Zu allem Unglück war obere Teil der Vitrine nicht mit dem unteren Teil verschraubt, sondern stand lose auf...

Stunden später holte mich meine Mutter aus dem Kindergarten ab und erklärte mir, es habe einen

Unfall gegeben und meine Schwester läge im Krankenhaus, es ginge ihr aber den Umständen entsprechend gut. Sie erzählte, dass Nina auf den Schrank geklettert sei und heruntergefallen war. Zu Hause nahm sie mich an der Hand und sagte, dass Nina sehr viel Glück gehabt habe, denn der obere Aufsatz sei heruntergekippt und die Waage dabei heruntergefallen, hätte sie aber Gott sei Dank nicht getroffen. Zusammen gingen wir Richtung Küche. Vor der Tür nahm meine Mutter mich noch einmal in den Arm und erklärte, ich dürfe wirklich nicht erschrecken, denn sie hätte noch keine Zeit gehabt, die Küche wieder aufzuräumen und es sehe sehr chaotisch aus. Außerdem wäre die Wand kaputt. Ich erinnere mich noch an ihre Worte: "Hörst Du, es ist ihr nicht viel passiert. Erschrecke Dich bitte nicht!" Dann gingen wir Hand in Hand hinein.

Den Anblick werde ich nie vergessen. Es sah aus, als habe ein Erdbeben dort gewütet. Überall verstreut lagen Süßigkeiten und Scherben von Glas und Geschirr. Der obere Schrankteil lag schräg in der Küche. Der schlimmste Anblick aber war die gegenüberliegende Wand. In ihr klaffte ein riesiges Loch von ca. 30 cm Durchmesser. Es war sehr tief und der Putz lag inmitten des Chaos´ verstreut auf dem Teppich. Dies war die Stelle, in der die Eisenwaage einschlug, als sie herunterfiel.

Beim Anblick dieses Kraters fing ich an zu weinen und meine Mutter musste mir immer wieder versprechen, dass meine Schwester noch lebte und es ihr wirklich gut ging. Ich hatte entsetzliche Angst und träumte noch lange von diesem Loch. Als Nina wieder nach Hause kam, war ich unendlich froh. Noch heute danke ich ihrem Schutzengel. Wenn die Waage sie getroffen hätte, wäre sie tot gewesen.

Nina hatte irgendwie ein ziemlich großes Verletzungspotential, weil sie oft nicht aufpasste. Ich erinnere mich noch, als sie anfing, mit dem Fahrrad zur Schule zu fahren. Meine Mutter stand auf dem Balkon und sah ihr nach, während sie fröhlich pfeifend losfuhr. Sie drehte sich immer zu meiner Mutter um, nahm die Hände vom Lenkrad und winkte ihr zu, während Mutti wie verrückt mit den Armen fuchtelte und schrie "Guck nach vorne! Guck nach vorne!" Nina verstand sie nicht und freute sich, dass Mama so herzlich zurück winkte. Einmal übersah sie dabei einen Gartenzaun und wir sahen nur noch, wie meine Schwester kopfüber in die Tannen des Nachbargartens kippte. Wir sahen lediglich noch die Füße und weg war sie. Damals gab es noch keine Helme. Ja, sie war einfach wild und kaum zu bändigen und ich bewunderte sie dafür. Wir kletterten heimlich oft auf Baustellen herum, die damals noch nicht so gut gesichert waren wie heute. Es war aufregend, in Neubauten herum zu schnüffeln; Stockwerke zu erklettern, die noch keine Treppen besaßen und alleine dieser Geruch nach Beton und frischem Holz... Nina brach sich einmal den Arm, als sie von der ersten Etage herunter sprang. Meine Mutter staunte nicht schlecht, denn genau zwei Tage, nachdem der Gips endlich wieder entfernt wurde, brach Nina sich bei einer ähnlichen Aktion den anderen Arm. Ich blieb Gott sei Dank von solchen Brüchen verschont und Nina petzte auch nie, dass ich dabei war, wenn wir einen Rohbau eroberten.

Meine Mutter freundete sich mit einer Nachbarfamilie an, die neben einem gesunden Kind eine schwer behinderte Tochter hatte. Ich war fasziniert von diesem jungen Mädchen, welches trotz der geistigen und körperlichen Behinderung ein unglaubliches Maß an Lebensfreude besaß. Sie konnte nicht laufen und rutschte einfach auf dem Po die Treppen hinunter. Sie konnte nicht sprechen und gab nur unartikulierte Laute von sich. Aber sie lachte den ganzen Tag. Oft umarmte sie mich und ich war immer überrascht, wie viel Kraft sie in diese Umarmungen legte. Irgendwann zog die Familie weit weg und es gab nur noch Briefkontakte und wenige Besuche.

In den Wintermonaten fiel damals immer sehr viel Schnee. Wir hatten einen großen, freien Platz vor dem Haus und in einem Jahr lag die Schneepracht viele Zentimeter hoch. Mein Vater baute uns auf diesem Platz ein richtiges Iglu, sogar mit Inneneinrichtung. Nach der Fertigstellung wurde das Iglu vorsichtig mit Wasser begossen, so dass es vereiste und wir lange Zeit Spaß daran hatten. Jeden Tag krochen wir hinein, dick eingemummelt in unsere Wintersachen und lümmelten auf den Eisbänken innen herum.

Weihnachten war immer ein schönes Fest für uns. Unsere Eltern schmückten jedes Jahr einen Tannenbaum (und stets stand der obligatorische Wassereimer daneben, weil noch echte Kerzen verwendet wurden). In einem Jahr bekamen wir jeder ein wunderbares Puppenhaus, welche mein Papa selbst gezimmert hatte. Jedes Jahr gab es etwas Besonderes, einen Kaufmannsladen, eine Tiefgarage oder eine traumhafte Ritterburg, die meine Schwester und ich liebten. Sie hatte sogar Falltüren und eine Zugbrücke, die man vor Feinden hoch ziehen konnte.

Mit etwa vier Jahren machte ich vom Kindergarten aus einen Schwimmkurs mit der anschließenden Seepferdchen-Prüfung. Ich hatte viel Spaß daran. An die Prüfung erinnere ich mich noch genau. Meine Mutter sagte mir immer wieder, ich müsse dies nicht machen und dürfte jederzeit aufhören, wenn es mir zuviel würde. Und auch für den Fall, dass ich es eventuell nicht schaffen würde, versicherte sie mir, dass es nicht schlimm wäre, da ich noch sehr jung sei. Ich hatte damals unheimlichen Ehrgeiz (der mir heute manchmal fehlt) und weiß noch, wie anstrengend und wie entsetzlich lang mir die 25 Meter lange Schwimmbahn vorkam. Meine Mutter ging am Rand nebenher und spornte mich an. Sie sagte immer wieder "Du schaffst das, es ist nicht mehr weit!", achtete aber genau darauf, ob ich mich nicht doch übernahm. Und ich schaffte es. Dann kam noch der Tauchgang. Ich musste aus tiefem Wasser drei Gegenstände heraufholen. Eines davon war ein Ring. Das fand ich nicht so schwer und ich bestand mein Seepferdchen. Meine Mutter war sehr stolz auf mich. Sie versteckte ihre Sorge um mein Wohlergehen ziemlich gut, denn ich wurde mit einem Herzfehler geboren. Nach meiner Geburt wurde festgestellt, dass es komische Herzgeräusche gab. Nach vielen Untersuchungen stellte man einen Ventrikel-Septum-Defekt fest;

ein Loch in der Herzscheidewand, durch welches das verbrauchte Blut sich mit dem sauberen, frischen Blut vermischte. Man sagte meinen Eltern, ich würde damit nur ein halbes Jahr alt werden. Ständig hatten sie Angst um mich. Ich wusste damals natürlich nichts davon. Ich wunderte mich nur, dass meine Mutter mich beim Schwimmen oft aus dem Wasser beorderte, weil ich blaue Lippen bekam. Die häufigen Untersuchungen in der Uniklinik Düsseldorf wurden mir erklärt mit: Dein Herzchen schlägt einfach nur zu schnell, alles ist gut. Ich kaufte es ihnen ab. Ich wurde zwar laufend gebremst (renn nicht so schnell; setz dich mal hin; mach mal Pause), aber es ging mir gut. Ich hatte keinerlei Beschwerden und trieb meine Mutter an den Rande des Wahnsinns, weil ich später sogar Judo machen wollte. Ich schaffte sogar mehrere Gürtel und gewann viele Turniere. Erst später fand ich durch Zufall die Wahrheit heraus, weil ich meine Mutter und eine Freundin im Gespräch belauschte. Mama erzählte von ihrer ständigen Sorge, weil ich doch nicht alt werden sollte. Ich war regelrecht geschockt, als ich es hörte. Sie erzählte in allen Einzelheiten von dem Loch in meinem Herzen. Leise schlich ich mich davon und beschloss noch in der selben Nacht, meiner Mutter niemals zu erzählen, dass ich die Wahrheit wusste. Sie hatte ohnehin schon genug

Sorgen. Ich machte einen Pakt mit mir selbst, in dem ich beschloss, mich selbst zu heilen. Von jenem Tag an stellte ich mir jeden Abend nach dem zu Bett gehen vor, wie das Loch in meinem Herzen immer kleiner wird und schließlich zuwächst. Ich betete sogar zu Gott, mit dem ich nicht viel zu tun hatte, er möge mir helfen. Ich glaubte fest daran, dass ich es schaffen würde. (Tatsächlich wurde nach achtzehn Jahren eine Spontanheilung festgestellt und die Ärzte sagten, dies wäre ungewöhnlich spät passiert. Zwei Jahre zuvor wollte man mir noch einen Herzkatheder legen, den ich dankend ablehnte. Mit einem Lächeln nahm ich meine Heilung zur Kenntnis. Ich war nicht überrascht, weil ich seit Jahren fest daran geglaubt habe).

Mein liebstes Stofftier war ein großer, weißer Hund mit schwarzen Schlappohren. Ich nannte ihn "Wummi", nach Loriots Wum und Wendelin. Er sah auch exakt so aus. Wummi musste überall mit hin und sah mit der Zeit auch ziemlich abgeliebt aus. Jahre später schenkte mir meine Schwester einen kleinen Hund dazu, den ich "Wummine" nannte. Jeder lachte über Wummi und Wummine. Noch heute sagt meine Schwester, wenn ich über etwas entsetzt bin: "Was? Nein, ich habe nichts gemacht, ich bin Wummi´s Liebchen!" Dann lachen wir uns

kaputt.

Nina war es auch, die mir das Uhr lesen beibrachte. Ich wollte unbedingt eine eigene Armbanduhr haben und mein Vater sagte, ich bekäme eine, wenn ich sie denn auch lesen könne. Dann kam er in mein Zimmer und wir setzten uns auf den Boden. Er zog seine Armbanduhr aus, stellte verschiedene Zeiten ein und fragte mich, wie spät es denn sei. Ich verstand nur Bahnhof und kam mit den zwei Zeigern nicht klar. Ich konnte sie trotz unterschiedlicher Länge nicht auseinander halten und sagte immer nur "halb zwölf?" Mein Vater verzweifelte fast. Er wiederholte immer wieder, wie man die Zeit abliest. Leider brachte er mich noch mehr durcheinander. Als er die Zeiger auf 11.45 Uhr eingestellt hatte, sah er mich an und meinte: "Siehst Du, das ist dreiviertel zwölf!" Da war der Ofen dann ganz aus. Ich heulte und wusste, ich bekäme nie eine Uhr. Mein Vater ließ mich erst einmal in Ruhe. Kurze Zeit später ging die Tür auf und meine Schwester kam zu mir. In der Hand hielt sie eine riesengroße, aus Papier gebastelte Uhr mit zwei Zeigern. Sie setzte sich zu mir, nahm mich in den Arm und sagte: "Pass auf, wir machen das schon, ich helfe dir! Mach dir nichts draus, kein Mensch sagt heutzutage mehr "dreiviertel zwölf". Aber Papa sagt schließlich auch "oronsch" statt "orange"... Innerhalb kurzer Zeit habe ich mit ihrer Hilfe das Uhr lesen gelernt.

Dafür brachte mir mein Vater erfolgreich das Fahrradfahren bei. Er hatte es auch dabei nicht leicht mit mir, denn ich drehte mich ständig nach ihm um und vergaß zu Treten. Immer wieder landete ich im Dreck, bis ich es plötzlich kapierte.

Meine Mutter ging mit mir regelmäßig Mittwochs und Samstags auf den Wochenmarkt. Das war für mich immer etwas Besonderes, denn ich liebte das Treiben, die Gerüche und die Marktschreier dort. Am lautesten sind mir der Fisch- und der Gemüsehändler in Erinnerung. Ich hatte eine eigene, durchsichtige Plastiktasche mit rosa Blumen drauf, in denen ich stolz einen Teil unserer Einkäufe nach Hause trug. Ach, ich kann den Geruch dieser Tasche regelrecht heraufbeschwören... Immer staubte ich auch etwas ab, meistens natürlich am Süßigkeitenstand. Da gab es stets eine kleine Tüte Sauerstäbchen für mich, nach deren Verzehr ich immer die Zunge in Fetzen hatte. Als ich noch ganz klein war, kauften wir dort immer Strampler für mich. Ich weiß noch, wie enttäuscht ich war, als es in meiner Größe plötzlich keine Schlafanzüge mehr mit Fuß gab. Ich heulte wie ein Schlosshund, denn ich liebte dieses Gefühl, einen Anzug von Kopf bis Fuß zu haben. Mama lachte und meinte, ich wäre nun wirklich zu alt dafür. Die neuen Schlafanzüge, die unten offen waren, konnte ich nicht leiden. Ich zog nachts einfach Socken an, die ich über die Beinabschlüsse hochzog. Das Gefühl war dann das gleiche. Meistens wachte ich morgens auf und die Socken hingen halb vom Fuß herunter. Ich krumpelte gerne mit den Zehen in dem überhängenden Stoff herum und nannte den Socken-Unsinn "Wackie". Keine Ahnung, was das bedeutete...

Mit sechs Jahren fuhr ich in den Sommerschulferien das erste Mal zur Dorfranderholung (Heute heißt es Stadtranderholung, aber meine Heimatstadt Kaarst war damals noch ein Dorf). Jeden Morgen fuhren Busse durch das Dorf, die die Kinder einsammelten und dann fuhren wir in ein Waldgebiet im Nachbardorf. Dort standen viele, große Zelte parat und wir Kinder wurden den ganzen Tag beschäftigt. Es gab unzählige Spiele, die man spielen konnte. Des Weiteren wurde gebastelt, es wurden Kletterhäuser errichtet und wir waren bis spät nachmittags nur an der frischen Luft in herrlicher Natur. Mittags bekamen wir Essen aus der Feldküche und Getränke gab es immer auf Anfrage. Meine Mutter erschrak sich furchtbar, als ich an einem Tag mit dem Krankenwagen nach Hause gebracht wurde. Mir war speiübel, denn ich hatte an diesem Tag vierzehn Tassen Zitronentee getrunken!

Bei dieser Ferienmaßnahme lernte ich Sonja kennen. Sonja fand ich total cool, sie konnte mit Blicken töten, hatte eine raue Stimme wie Marge Simpson und eine furchtbare Schuppenflechte an den Händen. Ich hatte mit ihr viel Spaß, denn wir rannten durch die Wälder auf der Suche nach jeder Menge Unsinn. Auch später waren wir noch gut befreundet. Abends wurden wir dann wieder mit den Bussen nach Hause gebracht und fielen nach einem mehr als nötigen Bad in tiefen Schlaf.

Vor unserem Haus lief immer eine kleine Katze herum, die ich sehr niedlich fand. Manchmal ließ sie sich sogar streicheln. Einmal kam ich mit meinen Eltern nach Hause, als sie wieder da war und maunzend auf mich zu lief. Mein Vater wollte einen Scherz machen und sagte "Zieh ihr mal am Schwanz!" Blöd, wie ich war, tat ich genau das und handelte mir einen bösen Kratzer auf der Hand ein, während mein Vater sich eine Schimpftirade von meiner Mutter anhören musste. Er hatte nicht gedacht, dass ich das wörtlich nehmen würde. Da kein Pflaster zur Hand war, nahm mein Papa kurzerhand einen kleinen, gelben Notiz-Block aus der Tasche, riss von einem Zettel eine Ecke ab und klebte ihn mir auf die Wunde. Das Bild meiner Hand mit dem Schnippel drauf habe ich noch klar vor Augen.

Mein Vater kommt ursprünglich aus Leipzig und ist mit 17 Jahren aus der ehemaligen DDR getürmt. Der Bruder und die Schwester meines Vaters blieben dort. Wir besuchten sie des Öfteren. Die stundenlange Fahrt fanden wir immer ganz schrecklich und der entsetzliche Straßenzustand mit den vielen Schlaglöchern tat sein übriges. Ich verstand nie, warum meine

Mutter an der Grenze so furchtbar nervös war. Ständig ermahnte sie uns im Auto, wir dürften jetzt keine bösen Dinge sagen und sollten uns ganz still verhalten. Die Grenzbeamten waren so einschüchternd, dass wir Kinder auf dem Rücksitz freiwillig die Klappe hielten. Ich verstand nie, warum die Menschen dort nicht einfach herumreisen durften wie wir. Sie redeten alle komisch und hatten auch nicht den Luxus wie wir. Meine Tante war eine sehr liebe Frau. Sie begrüßte uns strahlend und sagte zu mir, sie hätte extra eine Cola besorgt. Ich freute mich, denn ich trank gerne einen Schluck Cola, wenn ich durfte. Als sie dann mit einer DDR-üblichen Cola um die Ecke kam, war ich total enttäuscht und sagte: "Das ist doch keine echte Cola!" Sie hatte sehr viel Geld dafür bezahlt und sie unter Schwierigkeiten extra besorgt...

Meine Eltern brachten immer viel Obst und Kaffee mit; Dinge, die es dort nicht oder nur für sehr viel Geld gab. Einmal hatte Mama Kiwis mit in den Korb gelegt. Später rief meine Tante dann an und fragte: "Was war das für eine komische Frucht? Sie war zwar lecker, aber ich habe am ganzen Mund Ausschlag davon!" Später fanden sie im Gespräch heraus, dass sie sie aus Unkenntnis komplett mit Schale gegessen hatte!

Bei einem andere Besuch zeigte mir meine Tante ihren Frisiersalon. Mein Onkel und sie, beide

Friseure, hatten einen eigenen Betrieb. Ich war besonders von einer Vitrine fasziniert, in der uralte, antike und zum Teil gusseiserne Scheren und Frisierartikel ausgestellt waren. Meine Tante schnitt mir die Haare und ich staunte, als sie mir dabei erzählte, eine Dauerwelle koste bei ihr eine D-Mark fünfzig! Unvorstellbar.

Und auch die Tatsache, dass man dort auf ein Auto zehn Jahre warten musste, war für mich unbegreiflich. Wenn Papa ein neues Auto brauchte, kaufte er sich einfach eines. Irgendwie war ich froh, dass Papa nicht dort lebte.

2. Kapitel

1979, als ich 9 Jahre alt wurde, überraschten uns unsere Eltern mit der Tatsache, dass sie ein Haus gekauft hätten und wir bald umziehen würden. Ein richtiges Haus! Ich freute mich riesig darauf. Auch die Grundschule, in die ich noch ging, wäre gut zu erreichen. Das Haus war fast fertig gestellt, als meine Mutter uns Kinder mitnahm, um nach dem Bau zu sehen. Auf Baustellen fühlten wir uns ja heimisch, aber als ich das Haus sah, mit dem Gedanken daran, dass es uns gehörte, war ich sehr erregt. Es kam mir riesig vor! Die Holztreppe im Treppenhaus war noch nicht eingebaut und fehlte, so dass ich die oberen Etagen nicht sehen konnte. Nach langem Zögern erlaubte meine Mutter aber meiner Schwester, an dem grünen Metallgeländer hochzuklettern, dass in der Mitte bereits angebracht war und dessen Querstrebenmuster ihr dabei als Trittstufe diente. Was habe ich sie beneidet, als sie oben rief "Boah, sind die Kinderzimmer groß!" Ich war natürlich noch viel zu klein, als dass ich auch hinauf gedurft hätte und stand so frustriert am Treppenabsatz.
Endlich würden wir einen Garten haben und sogar einen offenen Kamin! An den Umzug selbst kann ich mich nicht mehr erinnern, aber an die Freude, unsere neuen Kinderzimmer zu beziehen.

Meine Mutter sang jeden Morgen in der Küche ein total schräges, entsetzlich lautes "O sole mio" - Konzert, was uns ziemlich auf die Nerven ging. Unsere neuen Nachbarn in der anderen Doppelhaushälfte waren sehr nett und hatten ebenfalls zwei Kinder, einen Jungen in meinem und ein Mädchen in Ninas Alter. Auch einen Dackel hatten sie. Wir freundeten uns rasch an. Die Gärten grenzten aneinander und meine Eltern und die Nachbarn beschlossen, nur auf Terrassenhöhe einen Sichtschutz aus Holz aufzustellen, damit jeder seine Privatsphäre behalten konnte. Zur anderen Seite hin stellte mein Vater ebenfalls einen solchen Holzzaun auf. Dort befand sich ein Garagenhof mit einem etwas zurückliegenden Mehrfamilienhaus, dessen Balkone zu unserer Seite lagen. Mein Vater goss Fundamente aus Beton, montierte den Palisadenzaun und strich ihn mit Holzlasur an. Kurze Zeit später bekam er die Krise, denn laufend setzten sich die Vögel aus dem Garten oben auf den Zaun und kackten auf die Palisade. Der schön gestrichene Zaun sah innerhalb kürzester Zeit verheerend aus. Das regelmäßige Verjagen der Vögel half wenig. Vor lauter Wut kam mein Vater auf die Idee, oben auf den Zaun kleine Nägel im Abstand von einem Zentimeter einzuschlagen, damit die Biester dort nicht mehr landen konnten. Den ganzen Tag hämmerte er die Nägel rein. Als er fertig war, nickte er zufrieden und ging rein. Meine Mutter, Nina und ich machten uns einen Riesenspaß daraus, heimlich unseren ganzen Vorrat an Stofftieren dort auf die Nägel zu setzen. Papa staunte nicht schlecht, als er das sah und lachte. Allerdings sollte ihm das Lachen über diesen Scherz sehr schnell vergehen, denn wenig später, nach dem wir die Tiere wieder entfernten, kamen die ersten Vögel und - landeten trotzdem! Sie setzten sich einfach zwischen die Nägel und Papa fluchte wie ein Kutscher!

Wir spielten bei schönem Wetter jeden Tag im Garten, in dessen Mitte eine Birke stand. An ihr befestigten wir oft Wäscheleinen, die wir spannten und mit Hilfe von Decken ein wunderbares Zelt bauten. Mutti gab uns noch Obstkisten, die wir hineinstellten und als Tisch verwendeten. Den ganzen Tag lümmelten wir dort drinnen und verlangten sogar unser Mittagessen im Zelt.
Zwei Häuser weiter gab es einen uralten Bäckerladen an der Hauptstrasse. Der Bäcker wohnte selbst dort in dem Haus mit angrenzender Backstube und dem kleinen Verkaufsladen. Über eine kleine, windschiefe Treppenstufe gelang man hinein. Ich kann mich noch genau an den wunderbaren Geruch der

frisch gebackenen Brötchen erinnern. Der Bäcker stand hinter der Theke, immer mit weißem T-Shirt, weißer Hose und weißem Kittel. Auf der Theke waren noch kleine Gläser mit Süßigkeiten, die man für fünf Pfennig das Stück kaufen konnte. Meistens holten wir uns morgens aber die sogenannten "Fortuna-Brötchen". Das waren Brötchen, die der Bäcker aufschnitt und einen Schokokuss hineinquetschte und die fünfzig Pfennig kosteten. Ich esse sie heute noch sehr gerne. Der Bäcker hatte einen sehr netten Sohn, der immer herzhaft lachte. Ich mochte ihn sehr, auch wenn er einige Jahre älter war als ich.

Wir hatten zu Hause mittlerweile eine schöne Holztreppe bekommen, die nun vom Keller bis in das Dachgeschoß hinaufreichte. Wie herrlich war es, so viel Platz zu haben. Nina und ich hatten einen Heidenspaß daran, mit kleinen Matratzen, auf die wir uns setzten die Treppe herunter zu rutschen. Es waren drei einzelne, kleine, blaue Matratzen mit golddurchwirktem Muster, aus denen man ein Bett oder ein Sofa machen konnte. Meine Mutter hat immer weg gesehen, wenn wir die Treppe runter um die Ecken rasten, insgeheim aber auch ihren Spaß daran gehabt. Der Dachboden hatte für uns immer eine besondere Anziehungskraft. Er war zum einen riesig groß und zum anderen fühlten wir uns dort ungestört. Man konnte durch die Holzbalken in die Spitze des Hauses sehen. Papa hat ihn nie ausgebaut, und so erinnere ich mich immer wieder an den Blick auf die durchsichtige Plastikfolie mit den gelben Streifen, die hinter den Balken als Dampfsperre befestigt war. Heimlich kletterten wir oft die Balken hoch und turnten auf dem Dach des Treppenhauses herum. Das war natürlich streng verboten, denn die Decke bestand nur aus dünnen Rigips-Platten. Erst als wir Jahre später hörten, dass unser Nachbar dort eingebrochen war und auf die Treppe darunter fiel, wurden wir uns der Gefahr bewusst und machten es nie wieder.

Auf diesem Dachboden feierte ich auch immer meine Kindergeburtstage. An einem Geburtstag bestellte meine Mutter ein riesengroßes Hefezopfkrokodil, welches auf einem langen Tapeziertisch thronte. Es gab die schönsten Leckereien und meine Mutter machte die tollsten Buffets. Sämtliche Muffins, Pudding oder was auch immer war liebevoll mit Gesichtern verziert. Selbst meine Pausenbrote für die Grundschule hat sie so mit Liebe gemacht. Das Highlight auf diesem Geburtstag war allerdings das "Süßigkeiten-Schnappen" gewesen. An einem Seil wurden dazu Salzbrezeln, Gummischnuller und Lakritzschnecken aufgehängt. Während wir Kinder, natürlich ohne die Hände benutzen zu dürfen, immer wieder hochsprangen, um eine Süßigkeit mit dem Mund abzuschnappen, hatte meine Schwester das Ende des Seils in der Hand und zog immerfort daran. So hüpften die süßen Sachen ständig auf und ab. Es war einer der schönsten Geburtstage.

Im selben Jahr nach unserem Einzug in das Haus zog unsere Oma mütterlicherseits von Braunschweig nach Kaarst. Sie nahm sich eine kleine Wohnung in der Nähe. Nach ihrer Scheidung nach fünfundvierzig Ehejahren weinte sie unendlich viel und tat uns leid. Dennoch fing sie sich wieder und wagte einen Neuanfang. Wir waren einfach nur froh, dass Oma da war, denn wir hatten sie sehr lieb. In ihrer Wohnung gab es immer aufregende Sachen. Sie hatte eine Unmenge Perlenketten, mit denen wir spielen durften. Und sie besaß ein kleines grünes Plastikbett mit einer Plastikfrau, die beide mit Magneten ausgestattet waren. Legte man die Frau verkehrt herum in das Bett, so flog sie wie von Geisterhand heraus oder drehte sich um. Das Ding faszinierte mich immer wieder. Ein Jahr später kauften meine Eltern eine Wohnung, in die Oma endgültig einzog und für immer blieb.

Für unsere Mutter war es mit dem Haus eine ganz schöne Umstellung, auf einmal so viel Platz zu haben. Natürlich gab es jetzt auch mehr zu putzen als in einer kleinen Wohnung. Zum Ansporn, ihr dabei zur Hand zu gehen, klebte mein Vater manchmal Zettel an eine Tür. Auf denen stand zum Beispiel "Staubsaugen", "Bad putzen" oder "Küche aufräumen". Unter jedem Zettel klebte je nach Aufwand der zu erledigenden Arbeit ein Fünf- oder Zehn-D-Mark-Schein. Wie die Geier guckten wir natürlich zuerst, wo es am meisten zu holen gab, um unser Taschengeld aufzubessern.

Meine Mutter war unglaublich kreativ und bastelte viel mit uns Kindern. Wir machten Fensterdekorationen aus bunter Pappe, einmal waren es herrliche Papageien. Wir malten und bastelten für jede Jahreszeit. Im Winter wurden es Schneeflockengirlanden aus Wattekugeln, die wir auf durchsichtige Garnfäden auffädelten. Im Sommer bastelten wir Blumen aus Tauchlack oder Fensterschmuck aus Moosgummi. Im Bastelladen, in den ich mit meiner Mutter immer wieder gerne fuhr, erhielten wir komplette Bastelsätze für Mobiles. Ich suchte mir einen Karton mit lustigen Raben aus. Zu Hause sortierten wir die Einzelteile, die Köpfe und Füße aus schwarzem Styropor, die Beine aus kurzen Seilstücken und legten los. Schnäbel und Gesichter aus Filz wurden angeklebt und die Vögel anschließend auf die Holzstäbe aufgehängt. Ich hatte einen unheimlich großen Spaß. Meine

Mutter konnte auch wunderbar Nähen. In einem großen, alten Überseekoffer hatte sie immer einen unglaublichen Vorrat an Stoffresten, der mich immer wieder magisch anzog. Wir Kinder bekamen Kleidung und die schönsten Karnevalskostüme genäht. Einmal machte meine Mutter für meine Schwester ein kleines "Holländerinnen-Kostüm", mit Bluse und niedlicher Schürze. Selbst kleine Holz-Clogs erstand sie für Nina. Für mich war es das schönste Kostüm, was ich je gesehen hatte. Ich besitze heute noch zwei kleine Kinderschürzen aus dieser Zeit. Aber nicht nur wir bekamen die schönsten Sachen, sondern Mama nähte und strickte auch traumhafte Kleider für unsere Barbiepuppen. Damals gab es noch nicht so unendlich viele Kleider dafür, während es heute die "Braut-Barbie", die "Cowboy-Barbie" u.s.w. schon fertig zu kaufen gibt. Zu unserer Zeit gab es eine oder zwei Barbies und für die wurde dann Kleidung genäht. Nina besaß einen wunderbaren, braunen Lederkoffer für ihre Barbiesachen. Meiner war gelb und aus Plastik. Eines Tages bekamen wir je ein Zelt- und Grillset für die Puppen geschenkt, das wir sehr liebten. Es enthielt je ein grün-gelbes Plastikzelt, zwei aufblasbare Sessel, einen roten Grill und Plastik-Geschirr, zudem noch eine Feldflasche und ein Fernglas. Nina setzte noch einen drauf und bastelte eine Feuerstelle. Sie nahm ein rundes Stück Pappe und bestreute es mit Blumenerde. Dann legte sie kleine Steinchen darauf und begoss alles mit einer Unmenge an Kleber. Es dauerte Tage, bis es trocknete und stank wie die Pest, aber es war eine geniale, echt aussehende Feuerstelle, auf die wir dann den Barbie-Grill stellten. (Ich kann mich sogar noch genau daran erinnern, wie sich das Teil anfühlt, wenn man mit den Fingern darüber strich).

Auch wenn meine Schwester es bis heute nicht wahrhaben will, sie ist schon damals unheimlich kreativ gewesen. Sie bastelte die tollsten Sachen. Einmal bekam sie von meiner Mutter ein Original Werbeplakat einer Zigarettenfirma für eine Litfaßsäule geschenkt, weil sie so sehr Pferde liebte. Meine Mutter hatte es dem Mann abgeschwatzt, der in der Stadt gerade die Litfaßsäulen und Plakatwände damit neu bestückte. Das Plakat, aus mehreren Teilen bestehend, nahm die ganze Wand ein und darauf befanden sich Wildpferde und natürlich auch sehr schicke Cowboys. Die Zigarettenwerbung wurde natürlich vom unteren Rand weggeschnitten. Mit dem Wandschmuck reichte es für Nina noch lange nicht. Sie bastelte in stundenlanger Arbeit Holzbalken aus Papier, die sie so anmalte, das sie echt aussahen. In die Querstreben steckte sie sogar Stroh und

Stoffmäuse. Ihr Zimmer sah aus wie ein riesiger Stall, es war grandios.

Wie verrückt stürzte sie sich auf Bastel-Hefte (die mit dem verrückten Känguruh) und den noch verrückteren Bastelteilen darin, aus denen man die tollsten Dinge bauen konnte.

Sie bastelte Marionetten, Murmelbahnen und einmal sogar ein wunderschönes Bild aus Strohhalmen, die man vorher bügeln und mit der Nagelschere zurechtschneiden musste. Es zeigte einen wunderbaren Sonnenuntergang mit einer Palme im Vordergrund. Ich weiß noch, dass meine Mutter geweint hatte, als sie es von ihr geschenkt bekam.

Für mich war es immer sehr interessant, was sie sich alles ausdachte. Einmal bastelte sie in eine durchsichtige Plastikdose eine kleine Stadt aus Papier mit richtigen Strassen. Dazu wurde dann ein Miniaturauto aus Papier gemacht, welches sie auf eine Büroklammer klebte. Dieses Auto setzte sie auf eine beliebige Strasse und verblüffte mich, als es plötzlich wie von Geisterhand alleine losfuhr. Ich rätselte lange, bis sie mir lachend erklärte, dass sie unter der Plastikdose einen Magneten bewegte. Und das Auto fuhr mit Hilfe eines größeren Magneten sogar über eine kleine Brücke.

Nina und ich waren auch richtige Nachteulen. Wir feierten nächtliche Gummibärchenpartys und suchten händeringend nach Möglichkeiten, des Nachts kommunizieren zu können, denn unsere Mutter hatte einen verdammt leichten Schlaf und verwies uns meist wieder in unsere Einzelzimmer. Tagsüber konnten wir ja den Trick mit den leeren Joghurtbechern, die man mit einem Seil verband, benutzen. Dies ging aber nur bei offenen Türen und war nachts untauglich. Dann stellten wir fest, dass wir eine Steckdose genau an der selben Stelle in unserer Verbindungswand besaßen. Nach einem geheimen Klopfzeichen frickelten wir den Steckdosenschutz aus der Dose (den Trick hatten wir schon lange raus und ich steckte auch keine Stricknadeln mehr hinein) und so konnten wir jeweils in die Steckdose flüstern und uns hören. Nächtelang lagen wir bäuchlings vor der Dose und unterhielten uns. Irgendwann bekamen wir endlich ein Kindertelefon. Jeder stellte das grell orangerote Teil auf und wir waren happy. Es konnte klingeln oder wahlweise blinken (nachts besser). Leider hatte ich die blöde Gabe, mich immer in der Schnur zu verheddern und den Apparat vom Tisch zu reißen, so dass das Ding öfter kaputt als funktionstüchtig war. Gott sei Dank war meine Schwester ein begnadetes Technikgenie und reparierte das Telefon immer wieder. Sie fummelte und lötete, bis es wieder ging. Wenn wir wieder einmal irgendeinen Unsinn ausheckten, wurden wir meistens von Mama unterbrochen, die immer mal wieder ins

Zimmer stürmte, wenn man es nicht erwartete. Aus der heutigen Sicht verständlich, da wir mittlerweile beide Kinder haben und das gleiche tun, wenn es zu still wird, aber damals war das für uns sehr störend. Da war wieder der Technikfreak Nina gefragt. Sie baute eine Alarmanlage, deren Funktionsweise ich nicht verstand, die aber verlässlich ihren Dienst tat. Sie nutzte dabei zwei Metallplättchen als Kontakte, die sie mit Drähten verband und unter den hässlichen, braunen Schlingenteppichplatten versteckte. Trat man nun auf den Teppich nach der obersten Treppenstufe, dann bekamen die Plättchen Kontakt und es leuchtete in ihrem Zimmer eine installierte, kleine, rote Lampe über der Tür auf. Das war einfach genial, wenn ich auch stundenlang auf dem Teppich vorher „Probetreten" musste. Ich glaube, es gab einen leisen Summton, genau weiß ich das nicht mehr. So hatten wir ein paar Sekunden gewonnen, wenn Mama sich mal wieder die Treppe herauf schlich, um uns zu kontrollieren...

Mein Vater machte sich immer einen Spaß daraus, uns Kinder zu erschrecken. Manchmal versteckte er sich hinter der Kellertür, wenn er wusste, dass wir Getränke rauf holen wollten. Ahnungslos ging ich in den Keller und machte die Tür auf. Während ich noch nach dem Lichtschalter tastete, machte er plötzlich die

Taschenlampe an, die er sich zuvor in den Mund gesteckt hatte. Ich schrie jedes Mal das ganze Haus zusammen, denn es sah nicht nur furchtbar aus, sondern er gab dabei auch noch Monstergeräusche von sich.

Auf unsere Kinderzimmertüren stellte er unsere Zahnputzbecher, die er mit etwas Wasser füllte und balancierte sie so an der angelehnten Tür und Wand aus, dass sie herunter fielen, sobald wir die Tür mit Schwung aufmachten. Meistens ergoss sich das Wasser dabei über unsere Köpfe und wir kreischten auf, während er sich den Bauch hielt vor Lachen. Wir konnten uns nie richtig rächen, denn er war viel zu clever und entdeckte unsere Versuche schon im Vorfeld.

Manchmal durften wir abends noch Krimis mit ansehen. Ich erinnere mich noch an die ersten Edgar-Wallace-Filme, die ich sehen durfte. Meine Mutter drohte mir, dass ich nie wieder so etwas sehen darf, falls ich Alpträume davon bekommen sollte. Ich beherrschte mich während des ganzen Films, nicht zu schreien. Irgendwann wurde dann der Serien-Teil „Das indische Tuch" ausgestrahlt. Ich fand es sehr gruselig, wie die Menschen mit dem Tuch erdrosselt wurden, das der Mörder zuvor unter spannender Musikuntermalung in den Händen drehte. Noch grausamer war allerdings, als mein Papa plötzlich hinter meinem Sessel auftauchte, mit einem Schal meiner Mutter, den er im spannendsten Moment nach vorne schnellen ließ und vor meinem Hals drehte...

Meine Schwester und ich begannen, die Gegend um unser Haus zu erkunden. Wir entdeckten einen Spielplatz in einiger Entfernung, der ziemlich versteckt und uneinsehbar war. In der Nähe gab es einen kleinen Kiosk und wir liefen regelmäßig dort hin, deckten uns von unserem Taschengeld mit Süßigkeiten ein und verzehrten sie auf dem Spielplatz. Damals gab es viele Sachen, die ich heute vermisse. Sogar jetzt beim Schreiben kann ich noch den Geschmack von einem berühmten Erdbeer-Eis, Kaugummis oder den Schaumstoff-Waffeln herauf rufen, die wir in rauen Mengen verdrückten. Auf dem Spielplatz gab es ein Kletterhaus und ein langes Krokodil aus Holzstämmen, auf dessen Maul man prima sitzen konnte. Unser liebster Süßigkeiten-Gau aber war immer ein Highlight. Wir besorgten uns dann eine ganze Kiste Schokoküsse. Die aßen wir nicht einfach so, nein! Wir gingen zwei Blocks weiter auf einen kleinen Garagenhof. Dann wurde die Schachtel feierlich geöffnet. Jeder einzelne Schokokuss wurde dann mit Präzision vor die Garagenmauer gehauen, so dass er einen runden Abdruck hinterließ. Erst dann durfte er verzehrt werden. Meistens war uns hinterher furchtbar schlecht, denn wir fraßen uns durch den ganzen Karton, aber es war ein Riesen-Gaudi! Die Wand sah verheerend aus und ich möchte nicht wissen, wie sehr uns die Besitzer verflucht haben. Wir aber hatten jedes Mal auf´s Neue einen irren Spaß dabei...

In der Nachbarschaft fanden wir immer wieder eine streunende Schildkröte, auf deren Panzer die Besitzer mit Nagellack die Wohnadresse geschrieben haben. Lachend brachten wir sie immer wieder zurück, wenn sie mal wieder ausgebüxt war.

Ständig erweiterten wir unseren Aktionsradius und entdeckten einen Reitstall (für meine Schwester immer ein Traum); viele Wälder, in denen wir mit unseren Fahrrädern „Pferd" spielten und zahlreiche freie Felder. Leider litten wir beide unter ganz schrecklichem Heuschnupfen. Mehr als einmal mussten wir sofort zum Arzt, weil wir wieder durch die Kornfelder gelaufen waren und plötzlich nichts mehr sehen konnten. Unsere Augen waren dick verschleimt und wir benötigten ständig Augen- und Nasentropfen. Mit Nina wurde der Versuch einer Desensibilisierung gewagt. Ich war beim Allergietest dabei und ich fand es furchtbar, wie man ihr unzählige Male in den Rücken stach. Das Schlimmste aber war, dass die ganzen Spritzen, die sie danach bekam, nicht geholfen haben.

Wir liefen weiterhin durch die Wälder und Felder. Hinter dem Haus, in dem Oma nun wohnte gab es ein Miniwäldchen, wo man ungestört spielen konnte und ein großes Maisfeld. Immer, wenn die Maiskolben reif waren klauten wir ein paar davon und aßen sie roh. Wir dachten uns immer neue Spiele aus, wenn wir draußen herum tollten. Nie wurde es langweilig. So machten wir uns oft einen Spaß daraus, uns "blind" herum zu führen. Einer von uns musste dann fest die Augen schließen oder bekam sie verbunden, während der andere denjenigen an der Hand durch unser Dorf lotste. Derjenige, der nichts sah, musste dann nach einer Weile raten, wo er sich befand. Das war sehr schwierig, denn wir arbeiteten mit allen Tricks und führten uns manchmal im Kreis herum. Irgendwann verlor man natürlich völlig die Orientierung und konzentrierte sich auf Geräusche und Gerüche, in der Hoffnung, etwas davon wieder zu erkennen. An diesem Tag war Nina an der Reihe, mich zu führen. Sie band mir einen Schal um die Augen und wir stolperten los. Anfangs konnte ich mir noch ein inneres Bild machen und wusste, wo ich war. Ich erspürte, dass sie mich in Richtung der vielen freien Felder bugsierte. Dann wurde es hügelig, weil auf einem der Felder mehrere, große Erdhügel aufgeworfen waren. Es hatte zuvor tagelang kräftig geregnet und die Erde war ziemlich matschig. Ich hörte das schmatzende Geräusch meiner Gummistiefel im Dreck und war froh, diese angezogen zu haben. Ich dachte an den Ärger, der mir erspart blieb. Nicht auszudenken, wenn ich mit meinen guten Schuhen durch den Schlamm gestiefelt wäre... Plötzlich wurde das Gehen immer anstrengender. Ich bekam die Stiefel kaum noch aus dem Schlamm, meine Füße versanken regelrecht. Nina schrie plötzlich derbe Flüche und ließ meine Hand los. Ich riss mir den Schal von den Augen und erschrak. Wir steckten beide inmitten des Erdhügels bis zu den Knien im Schlamm. Je mehr wir uns bewegten, desto tiefer versanken wir. Es brach eine richtige Panik in uns aus. Ich wusste bis dahin noch nicht einmal, wo ich mich nun befand, ich sah nur die matschige Erde und unheimlich viele Birken um mich herum. Ich kam mir vor wie in einem Hochmoor und fing an zu zittern. Meine Füße rutschten immer tiefer hinein, während ich sie kaum heben konnte. Ich hatte Angst, meine Gummistiefel dabei zu verlieren und fiel immer wieder nach vorne über. Irgendwann zog meine Schwester mich mit unheimlicher Kraft nach oben aus dem Schlamm. Ihre Augen waren wie meine vor Schreck aufgerissen, aber ihre Hände packten furchtlos zu und zogen mich über das Schlammfeld, bis wir wieder festen Boden unter den Füßen hatten. Wir holten tief Luft und sahen uns gegenseitig an. Unsere Kleidung, die Stiefel, Gesicht und Hände waren schlammverschmiert, wir sahen aus wie zwei Schweine, die sich im Dreck gesuhlt hatten. Während wir nach Hause trotteten, um uns den sicheren Abriss von unserer Mutter dafür abzuholen, legten wir uns eine Geschichte zurecht, warum wir so aussahen. Wenn unsere Mutter erfahren hätte, wo wir waren und welcher Gefahr wir dabei ausgesetzt waren, dann hätte es noch viel mehr Ärger gegeben. So behaupteten wir, wir hätten in einer Schlammpfütze gespielt und wären dabei mehrfach hingefallen. So manches Mal später dachten wir noch daran und zwinkerten uns heimlich zu. Dann wussten wir, wir dachten beide an das Geheimnis im Moor...

Meine Mutter fand eine neue Freundin. Die beiden telefonierten jeden Vormittag miteinander. Eines Tages kam ich aus der Schule nach Hause. Meine Mutter war weder in der Küche noch im Wohnzimmer zu finden, dennoch hörte ich Geräusche. Ich sah plötzlich den Telefonhörer auf dem Tisch liegen und lauschte. Ich erkannte die Stimme ihrer Freundin Inge, die erzählte und erzählte... Ich hörte meine Mutter im Keller und schlich hinunter, wo ich sie beim Bügeln fand. "Hast Du Inge vergessen?" fragte ich. "Nö," erwiderte sie, "die quatscht mich immer halbtot und merkt gar nicht, wenn ich weg gehe. Die holt ja nicht mal Luft!" Ich lachte mich kaputt, denn meine Mutter ging alle fünf Minuten hoch und sagte kurz "mmh, ah ja, ehrlich?" in den Hörer. Dann ging sie wieder und sagte mir, dass sie das schon seit Tagen so machte. Irgendwann fiel es Inge dann doch auf und sie war wochenlang stinksauer. Es dauerte lange, bis sie sich wieder vertrugen.

Eines Tages bekamen Nina und ich Zahnspangen verpasst. Wir hassten die Dinger, die einen ätzenden Druck auf die Zähne ausübten, waren aber noch froh, dass wir kleine, herausnehmbare Teile bekamen. In der Nachbarschaft lief ein Mädchen mit einer festen Spange herum, deren Drahtgestell vom Mund aus nach hinten um den Kopf herum befestigt war. Das sah grauenhaft aus und sie tat uns unendlich leid. Zu Hause trugen wir noch brav die Spangen, sobald wir aber draußen außer Sichtweite waren, wanderten die verhassten Dinger in die Hosentasche. Nina wickelte sie dazu in ein Taschentuch, denn in unseren Taschen tümmelte sich so mancher Dreck. Eines Tages jedoch verlor sie die Zahnspange. Meine Mutter zwang sie, die ganzen Wege, die sie an diesem Tag zurückgelegt hatte, erneut abzugehen. Nina musste dabei auf einer

Strecke von über zwei Kilometern jedes Taschentuch vom Boden aufheben und auseinander falten. Ich weiß noch, wie sehr sie sich geekelt hat. Irgendwann fand sie auch tatsächlich ihr Taschentuch mit der Spange wieder und sagte später zu Hause: „Ich packe nie wieder im Leben anderer Leute Rotzfahnen an!"

Mein Vater war von Berufs wegen sehr viel unterwegs, manchmal auch wochenlang in Amerika. Aber immer, wenn er da war, nahm er sich Zeit für mich. Nina war schon in der Pubertät und wir machten aufgrund des Altersunterschiedes jetzt weniger zusammen. Sie fand eine Freundin im gleichen Alter. Ich ging mittlerweile in die sechste Klasse auf das Gymnasium und fand dort auch Anschluss. An den Wochenenden spielte ich mit meinem Vater liebend gerne Fußball, wobei unser Garagentor als Tor herhielt. Für jeden Treffer bekam ich sogar eine D-Mark und ergatterte manchmal ein kleines Vermögen. Sonntags gingen wir im Nachbardorf auf einem Trimm-dich-Pfad Joggen. Auf dem Parkplatz davor durfte ich manchmal auf seinem Schoß Auto fahren üben, das heißt ich lenkte, während er fuhr. Abends spielten wir gerne Gesellschaftsspiele, die er aus der Firma mitbrachte. Wir gaben ihnen neue Namen, so hieß eines dann „Knöpfchen-Pick-

Pick", weil man mit kleinen, runden Farbplättchen spielte, die wie Knöpfe ohne Löcher aussehen. Ein weiteres Spiel hieß „Twixt". Ziel war es, auf einem Spielbrett mit Hilfe von Zäunchen (bestehend aus Pfählen und Querlatten), eine durchgehende Linie von einem Spielfeldrand zum anderen zu ziehen, während der Gegner seinerseits das gleiche versucht, man aber immer dem Gegner den Weg abschneiden oder ihn einzäunen konnte. Ich verlor fast immer. Begeisterung empfand ich eher für ein Telespiel, das an den Fernseher angeschlossen wurde und mit dem man mit zwei Konsolen Tennis spielen konnte. Damals war dies eine Revolution, während heute fast jedes Kind die teuersten Playstations bekommt. Am meisten Spaß machte es, mit meinem Vater Mensch-ärgere-dich-nicht zu spielen. Er verlor gegen unsere Mutter und uns jedes Mal und zerriss in seiner Wut immer das Spielbrett. Es war schon unzählige Male geklebt.

Meine Schwester hatte nun ein Alter erreicht, in dem sie gerne nachts um die Häuser zog und sich mit Freunden traf. Allerdings gab es von unseren Eltern strenge Vorgaben, wann man zu Hause sein musste. Dann war "Schicht im Schacht!" und man durfte nicht mehr raus. Natürlich durften andere Kinder immer länger draußen bleiben, das behaupten wohl alle Kinder. Unsere

Zimmer lagen in der oberen Etage und unter dem Zimmerfenster meiner Schwester befand sich die Garage, die ebenerdig mit ihrem Fußboden abschloss.

Eines abends entspannte ich mich wie üblich, mit einem dicken Micky-Maus-Comic bewaffnet, in meinem Bett, als ich plötzlich ein Klopfen hörte. Ich fuhr hoch, denn es kam vom Fenster. Erschrocken sah ich hinaus und hatte das Gesicht von meiner Schwester vor mir. Ich schüttelte ungläubig den Kopf, denn immerhin waren wir hier im zweiten Stock und da konnte niemand so einfach rein schauen! Ich rannte zum Fenster und wirklich, meine Schwester grinste durch die Scheibe! Ich riss das Fenster auf und sah, dass sie auf der Geländerstange vom Eingang balancierte und gerade an mein Fenster heran reichte. Ich fragte, ob sie noch alle Schüsseln im Schrank hätte, denn immerhin konnte sie böse abrutschen. Sie grinste weiter und erklärte, sie würde noch mal auf Tour gehen. Sie war auf das Dach der Garage gesprungen und von dort aus auf das schmale Eisengeländer. Ich solle nun bitte ihr Fenster schließen, sie würde bei mir am Fenster klopfen, wenn sie wieder da wäre. Mir wurde schlecht, ich hatte schreckliche Angst, ihr könnte was passieren und ich wäre dann Schuld. Trotzdem ging ich in ihr Zimmer und schloss ihr Fenster. Ich musste fast lachen, denn sie hatte ihr Bett mit Kissen so drapiert, dass es wirklich so aussah, als läge sie dort drin. Irgendwann in dieser Nacht (ich bekam natürlich vor Sorge kein Auge zu) klopfte sie wieder an meine Scheibe. Ich rannte in ihr Zimmer, damit sie wieder über die Garage hinein konnte. An mein Fenster reichte sie ja gerade bis zu Nase heran, also musste sie genau dort wieder herein, wo sie hinaus geklettert war. Nina hätte garantiert im Kreis gegrinst, wenn sie keine Ohren gehabt hätte. Sie hat wohl ein tolles Abenteuer erlebt. Ich dagegen habe nur gebetet, dass sie zurück kommen möge, und zwar heil. Gott hat mich erhört...

Eines Tages beschloss mein Vater, im Keller einen Raum zu einer Kellerbar umzubauen. Er kaufte Unmengen von Holz und werkte wochenlang. Alle Wände wurden mit Holzbrettern vertäfelt, dann baute er eine wunderschöne Bar mit Regalen. Meine Mutter nähte grüne Vorhänge für das Kellerfenster. Wir waren hellauf begeistert und feierten viele Partys in diesem Raum. Mein Vater verbrachte dort manche Pokerabende mit Kollegen, während meine Mutter für die ganze Runde Käsebrote schmierte. Aus Radieschen und Gurken stach sie liebevoll Pik-, Herz-, Kreuz- und Karoformen aus und garnierte die Brote, die sie in Kartenform zurecht geschnitten hatte.

Zu einer Zeit tuschelten meine Mutter und meine Schwester ständig herum und ich fand nicht heraus, worüber sie sprachen. Sie kicherten dann immer geheimnisvoll, wenn ich den Raum betrat. Dann endlich, nach Tagen fand ich das Geheimnis heraus. Als ich von der Schule nach Hause kam und in mein Kinderzimmer ging, staunte ich nicht schlecht. Ich hatte neue Möbel! Jahrelang hatte ich noch die alten Kindermöbel in einem dunklen Rot-Ton gehabt, die irgendwann einmal mit einer blauen Nilpferd-Borte aufgepeppt wurden. Als ich mit meinen Eltern mal in einem Möbelhaus war, taten sie so, als suchten sie ein neues Sofa. Wir gingen „zufällig" an der Kinderzimmerabteilung vorbei und ich entdeckte ein Jugendzimmer, welches mir unheimlich gut gefiel. Genau dieses stand nun in meinem Zimmer und ich war total von den Socken! Die beiden hatten es komplett aufgebaut. Sogar neue Blumen standen auf der Fensterbank. Dabei hatte ich damals nicht gerade einen grünen Daumen und meine Eltern ärgerten sich regelmäßig, weil ich meine Blumen vertrocknen ließ. Zu Blumen fällt mir wieder eine witzige Geschichte ein. Mein Vater goss die Blumen im Vorgarten immer mit dem Gartenschlauch. An einem Nachmittag hielt ich einen gediegenen

Mittagsschlaf und hatte das Rollo unten. Ich hörte, wie mein Vater unten den Schlauch aufdrehte und zog das Rollo hoch. Er, der Spaßvogel, der mich erschrecken wollte, als er mich auftauchen sah, hielt den Gartenschlauch plötzlich frontal auf mein Fenster und lachte. Ich schrie auf und er lachte, als er das Dilemma sah. Ich hatte bei offenem Fenster geschlafen! Er dachte, er hält den Wasserstrahl auf die Scheibe, während ich wie ein triefender Pudel schimpfte. Mein Bett schwamm im Wasser, während er fast im Garten zusammenbrach vor Lachen...

3. Kapitel

Auf dem Gymnasium fand ich endlich eine beste Freundin. Pia wohnte in der Nähe und wir trafen uns jeden Tag nach der Schule, um zu spielen, ins Schwimmbad oder ins Kino zu fahren. Wir lachten unendlich viel, so dass meine Mutter drohte, uns auseinander setzen zu lassen, als sich unsere Lehrer beschwerten. In der Schule gingen die ersten "willst-du-mit-mir-gehen?" - Zettel herum. Pia war heiß begehrt bei den Jungs. Ich war mittlerweile zwölf und hatte noch keinen Freund. Um so erstaunter war ich, als ich von meinem Mitschüler Thomas, dem ich mitten im Unterricht so einen Zettel zuwarf, ein angekreuztes „ja!" erhielt. Ich war so aufgeregt und grinste ihn den Rest der Stunde nur noch an. Von ihm erhielt ich auch meine erste Single-Schallplatte, „every breath you take" von der Gruppe „Police". Leider hielt unsere Freundschaft, die natürlich über Händchen halten noch nicht hinaus ging, nur sehr kurz. Thomas machte kurzerhand wieder Schluss mit mir, ebenfalls per Zettel im Unterricht. Ich war kreuzunglücklich und nervte meine Mutter wochenlang mit dem Abdudeln der Schallplatte, während ich heulend mitsang. Übrigens habe ich Thomas vor anderthalb Jahren über eine

Internet-Plattform wieder gefunden. Er ist genau wie ich glücklich verheiratet und hat ebenfalls eine kleine Tochter. Wenn er beruflich in der Nähe ist, schaut er regelmäßig auf einen Kaffee vorbei. Ich freue mich über jeden Besuch von ihm, da wir uns sehr nett unterhalten. Von der Single weiß er allerdings nichts mehr. Auch Pia traf ich vor Jahren per Zufall in Düsseldorf wieder. Sie arbeitete keine Hundert Meter von mir entfernt und wir müssen jahrelang aneinander vorbeigelatscht sein. Jetzt wohnt sie bei mir um die Ecke und wir sehen uns öfter, was ich sehr schön finde. Ganze Abende lang haben wir über die alten Zeiten gelacht.

Nachdem Thomas mir damals also das Kinder-Herz brach, hatte ich lange Zeit Pech mit den Jungs. Die, auf die ich scharf war, waren für mich unerreichbar, und die, die sich für mich interessierten, fand ich einfach blöd. Einer von ihnen erwies sich jedoch als relativ hartnäckig. Er hieß Christian und wir waren lose befreundet. Er wohnte in der Nachbarstadt und hinter dem Wohnhaus seiner Eltern gab es einen Bahnübergang, den man ohne Weiteres erreichen konnte. Wir liefen über das freie Feld zu den Gleisen, auf denen im Minutentakt schwere Züge mit einem irren Tempo heran donnerten. Mit Hilfe von Klebeband befestigten wir auf den Gleisen 10-Pfennig-Stücke. Wenn die Gleise anfingen zu summen, was das Herannahen eines Zuges ankündigte, sprangen wir herunter und hockten uns in den darunter liegenden Tunnel. Wir mussten uns die Ohren zu halten, wenn die Bahn über uns hinweg raste, es war ein ohrenbetäubender Lärm. Sobald der Zug weg war, kletterten wir wieder hinauf und suchten nach dem Geldstück, das total groß und platt war. Mein Gott, welcher Gefahr wir uns dabei aussetzten war uns dabei gar nicht bewusst! Irgendwann war ich so blöd und erzählte meinem Vater von dem „Spaß" mit den Geldstücken. Er verbot mir, jemals wieder so einen Unsinn zu machen. Ich verstand seine Sorge, als er mir sagte, ich könne nicht nur überfahren, sondern wir könnten den ganzen Zug damit zum Entgleisen bringen. Wenn ich mir vorstelle, dass meine Tochter mal so etwas machen könnte, kriege ich Gänsehaut.

Christian wollte unbedingt mein „richtiger" Freund sein, und so kam er eines Tages mit einem Edelstein zu mir und sagte, er würde ihn mir schenken, wenn ich seine Freundin werden würde. „Das ist ein echter Aquamarin!", sagte er. Ich glubschte nach dem Stein und erwiderte: „Wir werden sehen..." Ich schleppte Christian kurzerhand zu unserem Juwelier im Dorf und knallte den Stein auf die Theke. „Ist der echt?" fragte ich den alten Juwelier. Er zog seine Lampe heran und betrachtete den Stein unter einer Lupe, die er sich ins Auge klemmte. Nach wenigen Sekunden sagte er: „Tut mir leid, Kinder. Das ist einfaches Glas." Wütend nahm ich den Stein und sagte zu Christian: „Na, das kannst du dann wohl knicken!", während er maulend beteuerte, er hätte wirklich gedacht, der Stein wäre echt.

Trotzdem spielten wir noch immer zusammen. Als ich bei ihm war, waren seine Eltern gerade nicht da und er kam auf die Idee, wir könnten uns gegenseitig fesseln und müssten dann versuchen, uns alleine zu befreien. Mit Hilfe von Strickschals und Halstüchern seiner Mutter banden wir uns abwechselnd Hände und Füße zusammen. Christian war unglaublich gelenkig und schaffte es immer wieder, sich zu entfesseln. Er schien regelrecht Gummiknochen zu besitzen und konnte die komischsten Verrenkungen machen. Irgendwann bekam ich die Wut, weil ich nie aus den Fesseln herauskam ohne seine Hilfe. Dann gab ich mir richtig Mühe und band ich ihn an seinem Drehstuhl fest. Ich fesselte seine Hände auf den Rücken, die Füße an den Stuhl und fixierte seinen Oberkörper an die Lehne. Zu allem Überfluss steckte ich ihm noch einen Knebel in den Mund. Christian versuchte minutenlang, sich zu befreien, doch diesmal gelang es ihm nicht. Mit einem gehässigen

Grinsen winkte ich ihm zu und verließ das Haus. Ich schwang mich auf mein Fahrrad und lachte mich die ganzen acht Kilometer bis nach Hause halb tot. Das war die Rache für den Betrug mit dem Edelstein! Später erzählte mir Christian, dass seine Mutter ihn so gefunden hat und zuerst dachte, er wäre von Einbrechern überfallen worden...

Nina und ich liebten Musik. Damals gab es noch keine CD´s, lediglich Kassetten wurden angeboten und die waren entweder unerschwinglich, oder die Hälfte der Lieder war Schrott. Wer cool war, nahm sich eigene Kassetten auf. Das hieß dann: mit dem eigenen Kassettenrekorder vor das Radio hocken, den richtigen Song abwarten und immer schön rechtzeitig das Aufnahmeknöpfchen drücken. Was uns dabei jedes Mal den Verstand raubte war die Tatsache, dass der Moderator der Musiksendung grundsätzlich in die letzten Sekunden des gespielten Liedes quatschte und man seine Stimme mit drauf hatte! Das war damals ein absolutes No-Go. Man konnte nur immer den letzten Teil löschen, allerdings klangen die Aufnahmen dann auch meistens recht abgehackt. Nina hatte das recht gut drauf, sie ließ die Lieder dabei fast ineinander fließen. Bevor man merkte, dass ein Teil fehlt, war man schon mitten im nächsten Song. Sie hatte die besten Songs zusammengestellt und wartete manchmal wochenlang auf ein spezielles Lied, das sie noch dabei haben wollte.

Einmal erwischte ich sie vor dem Rekorder und hörte, wie eines dieser heißersehnten Lieder endlich lief. Sie hockte wie erstarrt und nahm es auf. Als ich plötzlich von hinten an sie heran trat und fragte: „Sag mal, ist das nicht das Lied, worauf Du seit Ewigkeiten wartest?" drehte sie sich um und schrie wie verrückt „ICH BRING DICH UM!" Erst da merkte ich, dass sie diesmal aus Zeitmangel kein Überspielkabel genommen hatte, da das Lied überraschend gespielt wurde. Sie hatte den Kassettenrekorder ganz nah an das Radio gestellt und kaum gewagt zu atmen, um es aufzunehmen. Jetzt hatte ich dazwischen gequatscht und alles ruiniert. Ich suchte das Weite und besänftigte sie später mit einer Ausgabe der legendären Musik-Hefte, die alle sechs Wochen am Kiosk erschienen und immer aktuelle Schlagertexte enthielten. Die hatten wir manchmal dringend nötig, da man oft den Text nicht verstand und irgendein Kauderwelsch mitsang. Gott sei Dank hat meine Schwester mir rasch verziehen...

Ich wünschte mir sehnlichst ein Haustier. Bislang hatten wir immer nur gelbe Wellensittiche gehabt, die allesamt sogar sprechen konnten.

Einen nannten wir Gustav, der letzte hieß Theo. Theo bekam jeden Abend eine bunte Decke über den Käfig, damit er aufhörte zu quatschten und die Klappe hielt. Verdunkelte man damit den Käfig, sagte er „Guten Abend, lieber Theo!" und wenn man ihn morgens aufdeckte „Guten Morgen, lieber Theo!" Wir sagten ihm das so lange vor, bis er es nachplappern konnte. Theo wurde sehr alt und saß zuletzt nur noch auf seiner Schaukel. Er kletterte nicht mehr herum und badete nicht mehr. Eines Tages kam meine Mutter zu mir ins Zimmer. Beim Hinausgehen drehte sie sich zum Käfig, der neben der Tür stand und sagte: „Na, der macht auch nicht mehr lang!" In dem Moment, als sie die Tür schloss, kippte Theo tot von der Stange. Ich schrie „Mama! Du hast den Vogel umgebracht!" Meine Mutter nahm den Vogel, sichtlich geschockt und warf ihn in die Mülltonne, worauf hin ich noch mehr heulte. Peinlich berührt nahm sie ihn wieder heraus und wir wickelten ihn in Geschenkpapier mit meinem Namenszug drauf (einen Karton hatten wir gerade nicht). Meine Mutter grub ein Loch im Garten und wir beerdigten Theo ordentlich. In dem Augenblick, als wir das Loch zugeschaufelt hatten, läuteten im Dorf die Glocken. Wir fingen beide an zu Heulen.

Dann bekam ich irgendwann bei einem Besuch im Zoo-Laden einen kleinen, grünen Wetterfrosch. Es saß in einem runden, hohen und durchsichtigen Plastikbehälter mit einer Leiter, auf der er herumkletterte. Meine Mutter fand ihn so putzig, dass wir ihn kauften. Eklig war nur, dass ich ihn immer mit Mehlwürmern füttern musste. Die lebten nämlich noch und büxten oft aus der Schachtel aus, die ich nicht richtig zu machte. Lieber erschlug ich an der Fensterscheibe Fliegen, die ich ihm dann in den Behälter warf. Auch der Frosch büxte gerne aus, indem er sich gegen den Deckel stemmte und weg sprang. Einmal haben wir ihn stundenlang gesucht. Wir fanden ihn dann im Badezimmer, wo Oma ihn schließlich in die Badewanne scheuchte. Komischerweise fühlte er sich dort richtig wohl, vor allem, als wir ein wenig Wasser hinein laufen ließen. Wir brachten ihn zu einem anderen Zoogeschäft und der Verkäufer lachte: „Das ist ein Wasserfrosch! Der muss ins Wasser, nicht in eine Dose!" Somit fuhren wir zum See und setzten den Frosch in für ihn angenehmer Umgebung aus.

Meine Schwester bekam irgendwann ein Meerschweinchen. Alt wurde es nicht, denn wir fütterten es aus Unwissenheit mit Kuchen und Salzstangen regelrecht zu Tode. Auch die nächsten Meerschweinchen lebten trotz artgerechter Ernährung nicht ewig. Eines war trächtig, als wir es kauften und plötzlich lagen ganz viele davon im Käfig, die wir aber alle abgeben mussten. Ich hätte gerne einen Hund oder eine Katze gehabt, aber das wollte meine Mutter zuerst nicht. Im Nachbarhaus gegenüber wohnte eine spanische Familie, mit deren Tochter ich oft spielte. Sie hatten einen riesigen Garten mit einer wahnsinnigen Magnolie, die ihren betörenden Duft versprühte. Im Garten baute der Vater einen großen Kaninchenstall, in dem etwa fünfzehn Hasen und Kaninchen herum liefen. Jeden Tag verbrachte ich viel Zeit dort und streichelte die Tiere. Eines Tages kam der Vater und drückte mir einen grauen Hasen in die Hand. „Das ist Panchita, ich schenke ihn dir!" Total glücklich lief ich mit dem Hasen nach gegenüber und sagte meiner Mutter, das wäre jetzt meiner. Sie war überhaupt nicht begeistert, organisierte aber erst einmal einen Käfig. Der Hase wanderte in mein Zimmer. Er machte nächtelang einen Höllenlärm und stank wie eine Horde Büffel. Nach zwei Wochen musste ich ihn wieder zurückgeben. So landete Panchita wieder im Hasenstall bei den Spaniern gegenüber.

Dann kamen wir doch noch zu einem Hund. Nina verbrachte ihre Sommerferien immer wieder gerne auf einem Reiterhof. Anfangs nur sie alleine, denn ich war noch zu jung zum Reiten, aber ich fuhr natürlich immer mit, um sie dort hin zu bringen und wieder abzuholen. So ein Ferienaufenthalt dauerte immer vier Wochen und ich erinnere mich, wie sie immer Rotz und Wasser heulte, wenn sie wieder nach Hause musste. Sie hatte Abenteuer erlebt, Freundschaften geschlossen und sich in das jeweilig zugeteilte Pony verliebt, das ihr Begleiter für die langen Wochen wurde. Als meine Schwester dort wieder ihre Sommerferien verbrachte, rief sie eines Tages an und erzählte, dass es einen Wurf Hunde gegeben habe. Die Ponyhofbesitzer waren gleichzeitig auch Hundezüchter. Nun gab es in diesem Wurf sechs kleine Hunde und meinte Schwester heulte und bettelte, sie wolle einen davon haben. Meine Mutter natürlich nicht, sie hatte mit Hunden nichts am Hut. So kam es, dass Nina nun mehr jeden Tag zu Hause anrief und ihr ganzes Taschengeld für's Telefonieren ausgab. Sie weinte und flehte unerbittlich. Sie hatte gehört, dass der Züchter die nicht verkauften Welpen ertränken wolle, da die weißen Hunde (es gab zwei davon) nicht den Zuchtbedingungen entsprachen. Dies war zuerst nicht glaubhaft, stellte sich aber später als wahr heraus.

Irgendwann fragte meine Mutter, was denn das

für ein Hund sei. Die Antwort war natürlich: "Ein sooooo süßer Hund!" Mehr wusste meine Mutter nicht, als sie in einem Anflug von Großmut sagte: "Na gut, von mir aus! Aber DU kümmerst Dich um ihn, und zwar auch, wenn er Nachts raus muss!" Meine Schwester war glücklich und es war das erste Mal, dass wir sie abholten und sie nicht heulte. Meine Mutter hatte eine Obstkiste mit einem hellblauen Handtuch ausstaffiert, die bereits im Auto wartete. Als sie den Hund sah, verzog sie zunächst das Gesicht und rief: "Du lieber Gott, ist der hässlich!" Meine Schwester und ich grinsten aber über das ganze Gesicht. Es handelte sich um einen kleinen Boxer-Rüden. Er war komplett weiß bis auf zwei braune Ohren und ein schwarzes Auge. Damit sah er aus wie der berühmte Hund von den Peanuts. Für einen Boxer hatte der Hund allerdings einen sehr zierlichen Kopf. Wir bekamen die Papiere und meine Mutter brach in schallendes Gelächter aus.

"Mein Gott, der Kerl heißt auch noch >Fatz vom Ponyhof!< Wie lächerlich ist das denn???" Der Hund wurde ins Auto in seine Kiste verfrachtet und wir traten die vierstündige Heimreise an. Während der kompletten Fahrt heulte der kleine Welpe in einem schrillen Dauerton. Die Kiste stand zwischen uns Kindern und wir fanden dies herrlich, während unsere Eltern sichtlich genervt waren. "Das kann ja heiter werden!", meinte mein Vater nur. Zu Hause erklärte meine Mutter, ein neuer Name müsse für den Hund her. Wir fanden "Fatz" ganz süß, aber die Argumente meine Mutter waren überzeugend. "Stellt Euch vor, ihr geht alleine mit dem Hund spazieren und es bedroht Euch mal jemand. Und ihr ruft dann "Fatz! Faaaatzi, fass!" Das klingt doch wohl lachhaft. Der Hund wird ja auch größer und hat dann so einen blöden Namen. Nein, er muss einen Namen bekommen, bei dem alle sofort Angst kriegen!" Und so wurde der Hund auf "Nero" umgetauft, nach dem grausamen römischen Kaiser. Wir übten, den Namen zu brüllen, um zu hören, wie das auf "den bösen Mann" wirken würde und waren zufrieden.

Nero wurde rasch größer und wir liebten ihn heiß und innig. Leider hatte er aber auch so seine Eigenarten, die wir nicht so toll fanden. Je nach Futter, das er bekam, entwichen ihm übelriechende Winde, die so stanken, dass wir meist das Weite suchten. Dennoch wurde er ein liebes Familienmitglied, das nicht mehr wegzudenken war. Mein Vater nannte ihn heimlich „Moppi-Floppi", von Mama bekam er Kalbsleberwurstbrote und wir Kinder stritten uns, bei wem er im Zimmer schlafen durfte. Natürlich durfte er nicht im Bett schlafen, das wollten unsere Eltern nicht. Insgeheim wussten sie aber sehr genau, dass er genau dies tat, denn regelmäßig erwischten sie ihn genau dort, wenn sie uns weckten (Nero war ein furchtbarer Langschläfer). Mein Vater verbot aber strengstens, dass Nero in sein Bett kam. Immer, wenn mein Vater auf Dienstreise fuhr und mit seinen Koffern das Haus verließ, war das für Nero das Zeichen. Er sprang sofort in Papas Bett und schlief dort für Stunden und Tage. Mama bezog immer wieder kurz vor Papa´s Rückkehr das Bett frisch. Dennoch fand mein Vater mehr als einmal noch ein Haar von ihm und tat dies lautstark kund mit dem Satz: „Da lag doch wieder die SAU in meinem Bett!!!" Aber auch er liebte die „Sau" so sehr wie wir. Meiner Mutter ging es irgendwann auf die Nerven, dass wir uns nächtens um den Hund stritten und so hatte sie die rettende Idee: Wir sollten ihn immer abwechselnd bekommen. Eines Tages war meine Schwester an der Reihe und ich zickte rum, ich wolle den Hund aber haben. Völlig zu Recht gab sie nicht nach und bestand auf ihrem Anrecht. Dann kam mir eine fiese Idee, ich wollte ihr diese Nacht ordentlich vergällen. Nach dem Abendbrot erbot ich mich freiwillig, mit ihm Gassi zu gehen. Nero fraß so ziemlich alles und so packte ich in meine Jackentasche heimlich ein Wurstbrot, dass ich mit ordentlich Knoblauch und Zwiebeln bestückt hatte. Unterwegs verfütterte ich die

Stulle an den Hund und sah mit schäbiger Schadenfreude, wie er sie gierig verschlang. Als wir schlafen gingen, verschwand Nero mit meiner Schwester in ihrem Kinderzimmer und ich lachte in mich hinein.

Eine Stunde später ging meine Zimmertür auf und Nina sagte:

„Du kannst den Hund gerne haben!" Ich erwiderte:

„Och nöö, lass mal, er gehört ja heute Dir...", musste aber laut lachen.

„Der furzt ekelhaft, was hast Du ihm gegeben?" blaffte sie, während ich mich vor Lachen nicht halten konnte. Wütend schob sie den Köter in mein Zimmer und knallte die Tür zu. Ja, jetzt hatte ich ein klassisches Eigentor geschossen. Ich weiß nicht, wie oft ich in dieser Nacht gelüftet habe, jedenfalls war es Winter und bitterkalt. Ich habe dem armen Hund nie wieder blähende Speisen gegeben. Nina revanchierte sich später, in dem sie mir eine ziemlich echt aussehende Kackwurst, die sie aus PU-Schaum bastelte und naturgetreu anmalte, auf meinen Teppich ins Zimmer legte.

Nero wurde sogar berühmt, weil meine Mutter sich mit einem lustigen Brief bei einem Hundefutter-Hersteller bewarb. Über 21.000 Bewerber gab es und unser Hund war dabei und kam in die Werbung. Wir gewannen einen

Aufenthalt in Hamburg zum Foto-Shooting und Tausend D-Mark, die meine Mutter versehentlich wegwarf, als sie hektisch ein paar Zeitungen in die Mülltonne schmiss, weil der Müllwagen um die Ecke kam. Leider war das Geld dazwischen geraten, aber sie nahm es mit Humor.

Abends schauten wir uns am liebsten Serien an. Seit 1977 gab es eine britische Actionserie, die uns fesselte. Sie hieß "Die Profis" und die Hauptdarsteller namens "Bodie" und "Doyle" spielten darin zwei knallharte CI-5 - Männer, die wir bewunderten. Meine Schwester himmelte "Doyle" nahezu an. 1982 gab eine berühmte Jugend-Zeitschrift, auf deren wöchentliches Erscheinen wir total heiß waren, einen Starschnitt der beiden Schauspieler heraus. In insgesamt zehn Ausgaben gab es jeweils einen Ausschnitt eines Gesamtposters der Profis. Meine Schwester sammelte wie verrückt und pinnte sich die einzelnen Teile an die Wand über ihrem Bett. Ich lachte mich heimlich kaputt, denn die ersten 6 Teile enthielten nur Füße, Arme und Knie. Das heißersehnte Gesicht Martin Shaws kam zu allem Überfluss erst mit der letzten Ausgabe heraus.

Mir persönlich gefiel zwar "Bodie" etwas besser, aber ich hatte mit zwölf Jahren sowieso einen anderen Geschmack. Die Profis waren mir damals einfach zu alt.

Ich selbst war zu dieser Zeit total verknallt in einen Eiskunstläufer! Meine Mutter musste sich laufend Eisrevuen ansehen, was sie allerdings ohnehin gerne tat. Um mir eine riesige Freude zu machen, kaufte sie 1982 Karten für eine Eisrevue, die ausgerechnet in der Nachbarstadt stattfand. Stargast war natürlich besagter

Eiskunstläufer. Ich weiß noch, wie aufgeregt ich war. Meinen Schulkameradinnen erzählte ich natürlich nur von der Eisrevue; das Geheimnis um meine Anhimmelei behielt ich wohlweislich für mich. Alle Mädels meiner Altersgruppe schwärmten derzeit für irgendwelche Boybands. Da passte mein Geschmack nicht ins Konzept und sie hätten wohl gelacht.

Am Aufführungstag brezelte ich mich entsprechend auf (wie eine Zwölfjährige sich halt aufbrezeln kann, mit Schminke und schicken Klamotten) und wir fuhren mit dem Taxi in die Nachbarstadt. Es war eine tolle Show in der Eishalle und ich war total happy, als endlich auch mein Star auftrat und seine waghalsigen Pirouetten drehte. Nach seinem Auftritt fuhr er von Bande zu Bande und sammelte Blumen ein, als plötzlich meine Mutter eine gelbe Rose aus der Tasche zog! „Bring sie ihm, schnell!", sagte sie. Ich wurde knallrot und dachte, ich müsse sterben, als die älteren Frauen auf den Nachbarplätzen mir zunickten und in die Hände klatschten: „Ja, Kindchen, geh nur, geh!" Mit feuerroter Birne lief ich die Tribüne hinab in Richtung Eisfläche, wo er gerade stand. Dann geschah alles wie in Zeitlupe. Er sah mich und fuhr lächelnd ganz langsam auf mich zu. Ich starrte ihn an und rannte mit der Rose zu ihm hin. Ich übersah das Ende der ebenerdigen

Absperrung (dort war keine Bande!) und lief frontal gegen einen Bodenscheinwerfer. Kopfüber kippte ich nach vorne und landete mit dümmlichem Grinsen und der halb zerquetschten Rose in den Fingern in seinen Armen, die mich hilfsbereit auffingen, bevor ich zu Boden krachte. Ein tosender Applaus für den Star, während ich hoch sah und eine riesige Reihe blitzender Zähne entdeckte, die mich anlachten. Am liebsten wäre ich gestorben. Ich drückte ihm die Blume in die Hand und rannte Hals über Kopf davon. Auf meinem Platz angekommen lachte meine Mutter lauthals. „Na, das war ein Erlebnis, was?"; während die alten Damen ringsum kicherten. Den Rest des Abends blickte ich nach unten und zischte meiner Mutter noch zu: „Erzähl das meiner besten Freundin und ich bring Dich um!"

1983 wurde ich konfirmiert. Eigentlich hatte ich Glück, denn die Hälfte des Konfirmandenunterrichts schwänzte ich und verbrachte die Zeit lieber in der Eisdiele im Dorf. Sie hieß „Eisdiele Pastorelli" und jedes Mal, wenn meine Mutter fragte, ob ich in der Kirche war antwortete ich: „Ja, bei Pastor Elli!" Erst später kriegten meine Eltern den Sinn dieses Wortspieles mit, mussten aber herzhaft lachen. Endlich war ich alt genug, um meine Ferien auch auf dem erwähnten Reiterhof zu verbringen. Ich war mittlerweile 13, Nina wurde 17 Jahre alt. Der Aufenthalt war traumhaft, es wurden inmitten freier Natur und herrlicher Landschaft Lagerfeuer veranstaltet mit einem traditionellem Spanferkelgrillen, Rodeos, Planwagenfahrten und vieles mehr. Es gab sogar eine Westernstadt in der Nähe mit richtigen Saloons. Leider waren wir mittlerweile auch in einem Alter, in dem wir nicht nur die Pferde anhimmelten, sondern auch die Jungs. Es gab eine strenge Trennung zwischen den Geschlechtern und somit eigene Gebäude für Jungen und für Mädchen, die auch weit auseinander lagen. Sogar eine Kamera war hoch oben am Hofausgang installiert, um nächtliche Wanderungen der Mädchen in Richtung Jungenhof zu vermeiden. Dennoch war sie nicht stets bewacht und die größeren Mädchen schlichen sich mehr als einmal fort, um die Jungs zu besuchen. Dabei musste man eine ziemlich weite Strecke zurücklegen und dies bei starker Dunkelheit. Außerdem fuhren die Betreuer vom Hof nachts immer mal wieder mit dem Auto Patrouille und dann musste man sich in den Graben neben der Straße schmeißen, um nicht entdeckt zu werden. Von vornherein zog man sich möglichst schwarze Sachen an und schmierte sich Dreck ins Gesicht, ein richtiges Abenteuer eben. Das Herz schlug bis zum Hals, wenn man die nahenden Scheinwerfer eines Autos sah. Ich weiß dies genau, denn ich habe es Jahre später genauso gemacht. Es war eine Mutprobe, sich Nachts zu den Jungen zu schleichen. Diese Besuche waren harmlos, wir waren noch nicht so frühreif wie die heutige Jugend. Meistens wurde dort gequatscht und gelacht, das Höchste der Gefühle war vielleicht ein flüchtiger Kuss. Ansonsten dienten diese Mutproben lediglich als Abenteuer und Adrenalinkitzel. Meine Schwester hatte in diesem Jahr nicht so viel Glück wie ich später. Sie wurde auf dem Jungenhof erwischt. Ich weiß noch, wie ich einzeln in das Büro der Besitzerin des Hofes zitiert wurde. Sie hieß Karola. Karola erklärte mir, dass man Nina auf dem Jungenhof erwischt hätte und man sie nun vorzeitig nach Hause schicken müsse. Dies wäre die übliche Vorgehensweise. Ich habe furchtbar geweint und gebettelt, denn ich konnte mir den restlichen Aufenthalt ohne meine Schwester nicht vorstellen. Karola blieb unerbittlich, sie rief meine Eltern an und bat sie, Nina abzuholen. Natürlich waren sie mehr als enttäuscht, denn es gab auch keine Gelderstattung für die restlichen zwei Wochen. Später hörte ich auf dem Hof Mädchen tuscheln; sie alle wussten, was passiert war. Ich erfuhr, dass mehrere Mädchen an diesem Abend auf dem Jungenhof gewesen waren, sich aber im Schrank versteckt hielten und so nicht entdeckt wurden. Ich lief in meiner Verzweiflung zu Karola ins Büro und erzählte ihr davon, ohne jedoch die Namen der Mädchen, die ich genau kannte, zu nennen. Ich flehte erneut und erklärte ihr, dass es doch ungerecht sei, wenn nur meine Schwester den Hof verlassen müsse, wo es doch mehrere andere Mädchen gab, die sich des selben Vergehens schuldig gemacht hatten. Ich fragte, ob es nicht möglich sei, dass Nina bleiben könne so wie die anderen. Karola hatte eine eiskalte Miene und blieb dabei, dass Nina gehen müsse. Als ich das Büro verließ, standen einige Mädchen im Gang, die alles durch die offene Tür mit angehört hatten.

Nina musste wirklich nach Hause fahren; meine Eltern holten sie ab und hielten mit ihrer Enttäuschung nicht hinter dem Berg. Am liebsten wäre ich mitgefahren, ich wollte einfach nur heim. Aber dies ließen meine Eltern nicht zu, schließlich war der Aufenthalt dort für damalige Zeiten sehr teuer.

Ich weinte die ganze Nacht, denn meine Schwester fehlte mir entsetzlich. Am nächsten Tag versperrten mir die betreffenden Mädchen in einer dunklen Ecke des Hofes den Weg. Sie waren um einiges älter und größer als ich und fragten:

"Warum hast Du das gemacht? Uns zu

verpetzen?" Ich hatte richtig Angst, aber die Wut in meinem Bauch war größer.

"Ich habe keine Namen genannt!", schrie ich. "Ich finde es nur ungerecht, dass ihr hier bleiben könnt und meine Schwester nicht! Hättet ihr nur ein wenig Gefühl für Anstand gehabt, hättet ihr ehrlich gesagt, wie viele von Euch in dieser Nacht auch noch da waren!"

Natürlich waren sie froh, dass sie bleiben konnten und man sie nicht entdeckt hatte. Heute kann ich das nachvollziehen, aber damals noch nicht. Die Prügel, die ich an diesem Tage bezog, war nicht annähernd so schlimm wie der Verlust meiner geliebten Schwester an meiner Seite...

Wie jedes Jahr verbrachten wir die Winterferien in der Schweiz. Unser Vater ermöglichte uns die schönsten Urlaube und wir freuten uns immer riesig darauf. Meistens ging es nach St. Moritz, Pontresina oder auch einmal nach Davos. Entweder logierten wir in den teuersten Hotels oder wir bezogen traumhafte Ferienhäuser. Erst jetzt, wo ich erwachsen bin, weiß ich dies noch mehr zu schätzen als damals, denn diese Urlaube waren immens teuer. In diesem Jahr ging es also wieder los. Wir bewohnten ein schönes Ferienhaus im Dorf mit Blick ins Tal. Früh morgens wanderten wir mit einem Blechkännchen ins Dorf hinab, um Milch zu holen, die direkt frisch von den Kühen kam. Dann kauften wir frische, noch warme Croissants und frühstückten ausgiebig. An einem Tag war die steile Zufahrtsstrasse zu unserem Haus jedoch so vereist, dass Nina und ich Mühe hatten, mit unseren glatten Schuhen und der Milchkanne den Weg hinauf zu schaffen. An diesem Tag gab es nur einen halben Liter Milch, den Rest haben wir vor Lachen und Schlittern verschüttet.

Den ganzen Tag über liefen wir Ski, was wir von Kindesbeinen an gelernt hatten. Wir liebten die Freiheit und die Natur, die uns die Schweiz in rauen Mengen bot. Selbst unser Hund hatte seinen Spaß. Einmal ließ meine Mutter ihn ohne Leine herum tollen, als er plötzlich wie von der Tarantel gestochen loslief. In der Nähe war ein Skihang und er reagierte auf kein Rufen mehr, sondern lief bellend neben dem Schlepplift her. Plötzlich lief er kreuz und quer im Zickzack durch die Leute, die allesamt aus dem Bügellift fielen. Nicht eine einzige Person kam oben an. Gott sei Dank ist keinem etwas passiert, dennoch waren die Leute nicht erfreut, eine Fahrt eingebüßt zu haben, für die auf der Skikarte ein Loch gestanzt wurde. Nero wurde wieder eingefangen. Am nächsten Tag machten wir eine Pause mit dem Skifahren, denn uns taten schon die Beine weh. Nina beschloss, statt dessen einen Spaziergang durch die freie Natur zu machen. Sie schnappte sich den Hund und ging einen Wanderweg hinter dem Haus entlang, der auf einen großen Berg führte. Sie genoss die kristallklare Luft, das Knirschen vom Schnee unter ihren Füßen und die total Stille. An manchen Tagen, wo wir mit unserem Vater solche Wanderungen machten, konnte man in der Ferne viele Tiere entdecken. Oft beobachteten wir stundenlang mit dem Fernglas ganze Herden von Hirschen oder Gämsen. Dabei lagen wir bäuchlings oder gehockt hinter Baumstämmen und hofften, dass sie näher kamen. Ich weiß nicht, was Nina an diesem Tag so alles entdeckte, jedenfalls wanderte sie immer weiter bis sie bemerkte, dass sie sich völlig verlaufen hatte. Zuerst noch frohen Mutes (immerhin war ja der Hund dabei), ging sie einfach weiter. Leider stellte sich heraus, dass unser Hund einen komplett fehlenden Orientierungssinn hatte und Nina im Kreis lief. Während wir uns daheim langsam Sorgen machten, brach Nina in Panik aus. Alles sah gleich aus und jeder Weg schien nirgendwo hinzuführen. Als es langsam dämmerte, wurde uns angst und bange, denn sie war noch nie so lange weg gewesen und es wurde langsam bitterkalt. In der einsetzenden Dunkelheit sahen wir plötzlich eine humpelnde Gestalt auf das Haus zuwanken. Nina.

Endlich hatte sie den Rückweg gefunden und kam heim, erleichtert und völlig fertig. Sie aß noch ein wenig und fiel sofort in einen tiefen Schlaf. Am nächsten Morgen mussten wir dann doch lachen. Nina hatte solch einen Muskelkater, dass sie sich kaum ihre Jeans überstreifen konnte. Das Lustigste aber war, dass selbst der Hund zwei Tage lang humpelte, denn auch er hatte einen Mords-Muskelkater bekommen.

Es waren immer herrliche Urlaube, die wir dort verbrachten. Als ich vierzehn war, kam ich mir wie eine Prinzessin vor, als ich in St. Moritz durch den Schnee flanierte. An einem Morgen fuhr ich allein auf den Berg und reihte mich in die Schlange am Skilift ein. Oben angekommen, beschloss ich, heute mal etwas Verwegenes zu probieren. Mein Vater hat uns beigebracht, immer schön zu "wedeln" und in langsamen Kreisen den Berg zu genießen. An diesem Tag allerdings wollte ich einmal im Leben eine Schussfahrt erleben, wie die Profis im Fernsehen. Ich nahm all meinen Mut zusammen und rödelte den Berg hinunter, tief in die Knie gehend. Meine Gesichtszüge entglitten mir wie bei einem Versuchsmenschen in der Zentrifuge. Während meine Lefzen Richtung Hinterkopf schlabberten und die Fahrtwindtränen in meinen Augen zu Eiszapfen gefrierten, nahm ich rechts und links von mir nichts mehr wahr. So auch nicht den Mann, der sich von rechts näherte, als er brav seine Kreise zog. Wir knallten zusammen und kugelten ineinander verkeilt die nächsten zehn Meter talwärts. Irgendwann stoppten wir und ich blickte, wohlgemerkt AUF ihm liegend, in die schönsten blauen Augen, die ich je gesehen hatte. Er war ungefähr fünfundzwanzig und so attraktiv, dass Brad Pitt neben ihm wie ein Brandopfer gewirkt hätte. Durch meinen Schock ignorierend, dass ICH der Übeltäter war, der auf langsamere Skifahrer hätte achtgeben sollen und durch die Tatsache, den schönsten Mann des Universums flach gelegt zu haben fing ich sofort an, ihn anzubrüllen:

"Sag mal, tickst Du noch richtig? Kannst Du nicht aufpassen? Du hättest mich fast umgebracht!!!"

Er lächelte mich an und sagte kein Wort. Das machte mich noch rasender, denn diese Super-Nova verbruzzelte auch die letzten meiner funktionierenden Gehirnzellen.

"Hör auf zu grinsen, Du Hirni! Verstehst wohl kein Deutsch, was? Parlez-vous francais? English? Schwizzerdütsch, was? Hör auf zu Lachen, Du... Du... Alpenkasper!!!"

Das durfte doch nicht wahr sein. Er lächelte immer noch! Dann stand er auf, sortierte seine Knochen und Skier und zwinkerte mich an. Fassungslos holte ich wieder Luft, um ihm was noch Fieseres hinterher zu brüllen, als ich etwas entdeckte, was mich augenblicklich verstummen ließ. Während er davon fuhr, brannten sich ein paar knallrote Buchstaben, die auf seiner gelben Daunenjacke prangten in mein Hirn. Sie bedeuteten aneinandergereiht:

SKI-LEHRER. Wie ein geprügelter Hund fuhr ich geduckt ins Tal und auch nicht mehr hinauf.

Ich wollte nie mit dem Rauchen anfangen. Meine Mutter hatte mich immer vor den Gefahren gewarnt. Lange ging das auch gut. Irgendwann hat meine Schwester ihre erste Zigarette probiert, damals war das unter Freunden einfach nur „cool". Ich konnte dem nichts abgewinnen und war ja auch erst 14 Jahre alt (leider rauchen heute viele Kinder erschreckender weise schon mit 10 - 12 Jahren!).

Eines Tages spielten wir wie üblich draußen und es zog uns wie häufig in ein kleines Waldstück. Als wir kleiner waren, spielten wir dort häufig „Pferd", dem waren wir nun entwachsen. Trotzdem war dieses kleine Waldstück immer noch Freiheit und Abenteuer für uns. Wir quatschten über Gott und die Welt und meine Schwester zog plötzlich eine Zigarette aus der Tasche. Sie zündete sie an und inhalierte. Mann, sah das cool aus!

„Na, willste auch mal?" fragte sie.

„Nee, nachher wird mir schlecht!" sagte ich.

„Ach quatsch, zieh doch mal!"

Gehorsam zog ich an der Kippe, das heißt, ich paffte kurz und blies den Rauch wieder aus.

„Na ja, geht so!" sagte ich und ich gab ihr das Ding zurück.

„Nee, zieh mal ein und halt die Luft an!", forderte sie von mir. Na gut, dies tat ich, mit dem Mund voller Qualm. Plötzlich schrie sie:

„Huch, MAMA KOMMT!"

Ich zog die Luft vor Schreck tief in die Lungen und hustete und spuckte. Meine Schwester lachte sich derweil scheckig und schrie:

„So hab ich das auch gelernt!"
Zuerst war ich furchtbar sauer, weil mir so schlecht war, hinterher haben wir aber sehr gelacht...

Als Kind hatte ich immer eine Kurzhaarfrisur, die ich hasste wie die Pest. Meine Mutter sagte stets, ich hätte so "fisselige, dünne Haare", deshalb durfte ich sie nie wachsen lassen, sondern bekam immer den obligatorischen Pottschnitt verpasst. Meine Schwester hatte etwas dickere Haare und ich beneidete sie um ihre wunderschöne, lange Haarpracht. Sie ließ sie einfach wachsen und trug sie sogar zeitweise mit Dauerwelle. Eines Tages jedoch überredete meine Mutter sie zu einem Friseurbesuch, um sich wenigstens die Spitzen schneiden zu lassen. Als ob sie etwas ahnte, zögerte Nina und betonte immer wieder, es dürfen auch ja nur die Spitzen geschnitten werden, nicht mehr als ein halber Millimeter! Sie suchte sich einen Friseur in unserem Dorf aus, nennen wir ihn mal "Salon Rabiat", sie weiß den Namen noch genau wie ich. Als sie wieder nach Hause kam, traute ich meinen Augen nicht. Die Haare waren raspelkurz wie Streichhölzer und meine Schwester heulte Rotz und Wasser! Die Friseuse hatte sie überredet, doch etwas mehr als die Spitzen zu kappen und hat ihr dabei die ganze Frisur abgemäht. Ihre schönen langen Haare waren nun kürzer als meine eigenen. Nina war total verzweifelt und trug wochenlang eine Mütze - im Sommer!

Wenn man sieht, welche kriminelle Laufbahn Jugendliche heute einschlagen, dann waren wir damals mit unseren Dummheiten noch relativ harmlos. Wir wären niemals auf die Idee gekommen, andere Leute zu bedrohen und gingen Schlägereien, die Gott sei Dank zu unserer Zeit recht selten waren, gezielt aus dem Weg. Es war eine schöne Zeit gewesen. In den Schulen gab es noch keine Gewalt. Wenn man heute die Zeitung aufschlägt und von irgendwelchen Amokläufen liest, wird einem regelrecht schlecht. Kinder bringen Waffen mit in die Schule, Zwölfjährige sind schon einschlägig bei der Polizei bekannt, es wird geraubt und geprügelt und und und... Unsere damaligen "Untaten" bestanden hauptsächlich darin, Kaugummi-Automaten durch Überdrehen des Ausgabeknebels dazu zu veranlassen, gleich eine ganze Handvoll davon auszuspucken. Das einzige "Böse", was wir je gemacht haben, ist den Kippen-Automaten im Dorf zu überlisten. Damals hatten wir natürlich kein Geld für Zigaretten, mit sechzehn gab man wenig aus, auch wenn die Packung Zigaretten damals nur fünf D-Mark kostete. Irgendwie kam ich an polnische Münzen, die exakt die gleiche Größe wie die damaligen, geliebten "Heiermänner" (Fünf-D-Mark-Stücke) hatten. Wir legten die Geldstücke nebeneinander und stellten fest, dass Größe, Dicke und Gewicht übereinstimmten. Das ausländische Geldstück hatte aber nur einen Gegenwert von wenigen Pfennigen. Natürlich probierten wir grinsend aus, ob das polnische Geldstück in den Automaten passte und siehe da, es purzelte eine Packung Zigaretten heraus. Fassungslos rannten wir davon und konnten nicht schlafen, weil wir uns vorkamen wie zwei Schwerverbrecher. Wir machten dies nie wieder, rauchten aber genüsslich die Zigaretten.

Manchmal hatte Nina eine eigenwillige Art von Humor. Sie kam mit einer Schachtel Streichhölzer an und wettete mit mir. „Wetten, dass ein Streichholz zwei mal brennt?" Ich überlegte kurz. „Na ja, klar, wenn du es noch mal anzündest, dann schon!" Sie grinste. „Nein, ich zünde es an und puste es aus. Danach brennt es von selber noch einmal, Ehrenwort!" Wir wetteten also um irgend etwas Belangloses. Sie zündete das Streichholz an und pustete es wie versprochen aus. „Und jetzt brennt es noch mal!", sagte sie, während sie mir plötzlich den noch heißen Streichholzkopf auf den Handrücken drückte. Ich schrie auf und fluchte. Sie lachte:

„Siehste? Brennt!"

Nina trat beim Malteser-Hilfsdienst ein und ich war total stolz auf sie, als sie nicht nur einen Sanitätskurs machte, sondern auch noch mit der Ausbildung zum Rettungssanitäter begann. Sie war damals die erste Frau in unserer Stadt, die diesen Kurs belegte. Sie zog mich mit und ich trat der Malteser-Jugend bei. Ich machte ebenfalls einen Sanitätskurs. Es war eine wundervolle Zeit, in der wir neue Freunde gewannen und viel Spaß hatten bei Einsätzen, Katastrophenübungen, Ferienfahrten oder einfach nur bei gemütlichen Abenden. Es sind schöne Erinnerungen.

4. Kapitel

Mittlerweile waren wir erwachsen. Meine Schwester heiratete und bekam ein kleines Mädchen. Das war kurz nach dem Tod meiner Mutter (dessen Geschichte hier unerwähnt bleibt) und ich weiß noch, wie ich auf diese Nachricht mit unglaublicher Freude reagierte und weinte. Es gab mir das Gefühl "einer geht und einer kommt".

Eines Tages musste meine Schwester zum Zahnarzt. Sie musste einen Zahn gezogen bekommen. Weil sie davor große Angst hatte, entschied sie sich für einen Eingriff in Vollnarkose. Da ich damals bereits den Führerschein besaß fragte sie mich, ob ich sie fahren könne, denn sie durfte danach natürlich kein Fahrzeug bedienen. Klar, dass ich ihr diesen Gefallen gerne tat. Wir fuhren in die Praxis nach Düsseldorf, in der solche Eingriffe zur Routine gehörten. Da ich zu der Zeit noch den Orientierungssinn eines Toastbrotes hatte und es so etwas wie Navigationssysteme noch nicht gab, erklärte Nina mir vorher ungefähr dreißig mal den Rückweg. Ich hatte sowieso Muffen, in einer

Großstadt zu fahren, da waren mir viel zu viele Einbahnstrassen und mehrspurige Fahrbahnen, die mich irritierten. Da sie aber sowieso schon nervös wegen der OP war, überspielte ich dies. Den Hinweg übernahm sie ja auch noch selbst.

In der Praxis ging ich noch mit in den Behandlungsraum und durfte bleiben, bis die Narkose wirkte. Nina erzählte mir einmal, sie fände Vollnarkosen eklig, weil sie kurz vor dem Wegtreten immer einen starken Knoblauchgeschmack im Mund verspürte. Sie bekam eine Infusion angelegt und das Narkosemittel wurde injiziert, während ich ihre Hand hielt. Dann sagte der Arzt, sie solle bitte jetzt bis zehn zählen. Nina fing an: "Eins, zwei, drei... aaah, ich hasse das!" Sie schmatzte noch kurz und war weg. Ich wusste, sie hatte wieder den Knoblauchgeschmack gehabt. Dann ging ich hinaus und setzte mich ins Wartezimmer. Es dauerte recht lange, jedenfalls kam es mir so vor. Überall klappten Türen, weil hier die Patienten im Minutentakt operiert wurden. Plötzlich hörte ich jemanden so extrem im Gang Husten, als wenn er ersticken würde. Ich vernahm einen hektischen Arzt, der laut schrie: "Zurück in den OP, rein! Rein da, schnell!" und mir wurde schlecht. Instinktiv wusste ich, das war meine Schwester, um die es da ging. Ich rannte zur Anmeldung und fragte nach. Die Schwester

meinte ein paar Minuten später, in denen sie im OP nachfragte ganz freundlich: "Alles in Ordnung, reine Vorsichtsmaßnahme. Ihre Schwester hat sich beim Aufwachen verschluckt und wir mussten ausschließen, dass sie irgend etwas im Hals hat. Es ist alles in Ordnung, wirklich!". Dann wurde ich in einen Gang geführt, in dem drei fahrbare Betten standen. Auf einem davon lag Nina. Ich hätte heulen können, so elend sah sie aus. Sie war noch gar nicht richtig bei Sinnen und ich betete, sie später heil nach Hause zu kriegen. Nach zwanzig Minuten war Nina wieder so weit bei Bewusstsein, dass man sich mit ihr leicht unterhalten konnte. Nina wollte nur noch nach Hause, aber die Krankenschwester sagte: "Tut mir leid, so schnell geht das nicht! Erst einmal müssen Sie vernünftig sitzen können. Sie dürfen erst nach Hause, wenn Sie es schaffen, mir ein paar Zeilen aus einer Zeitung vorzulesen!", dabei zeigte sie auf eine Zeitung, die sie in den Händen hielt. Nina riss ihr plötzlich diese aus den Fingern, schlug die erste Seite und fing an:
"... laut Angaben der Polizei ist die Unfallursache noch ungeklärt. Der Fahrer des schwarzen PKW war gestern aus unerklärlichen Gründen von der Fahrbahn abgekommen und prallte frontal in einen Baum auf dem Seitenstreifen..." Sie leierte den Artikel so schnell herunter, dass uns der

Mund offen stehen blieb. "Ist ja gut! Gut, gut! Sie dürfen gehen, wenn Sie noch einmal vor meinen Augen auf und ab gehen!" Nina tänzelte an ihr vorbei und schnappte sich ihre Jacke. Im Auto lehnte sie sich zurück und sagte: "Mann, ich will zu Hause sein, bevor die Betäubung nachlässt!" Mit diesem Satz schlief sie ein. Ich fuhr los und flüsterte mir den Weg, den ich mir gemerkt hatte, immer wieder selbst vor. Ich hatte mir die Ampeln und Straßennamen gemerkt. Aber es kam alles anders. Als ich in die erste Strasse einbog, hörte ich überall Sirenen und an mir fuhren irrsinnig viele Feuerwehrautos vorbei. Es kam zu einem Riesenstau, weil es in der Nähe einen Grossbrand gab und die Strassen teilweise gesperrt waren. Nina neben mir schlief tief und fest und ich rief "Scheiße!!!"
Plötzlich hörte ich neben mir ganz leise: "Rechts! Durchatmen und nächste links." Ich drehte meinen Kopf und sah Nina an, die die Augen wieder geschlossen hatte. Mit schwachem Blinzeln lotste sie mich durch einen Umweg, den ich alleine nie gefunden hätte, bis zu ihrer Wohnung. Dort legte sie sich gleich ins Bett und schlief wieder tief ein. Ich war so erleichtert, dass sie mir im Schlaf noch den Weg gewiesen hatte, dass ich erschöpft auf ihre Bettkante sank. Stunden später war Nina wieder wie neu und grinste sogar, als ich ihr erzählte, wie froh ich

darüber war, dass sie im Schlaf noch Auto fahren kann...

Jedes Jahr um die gleiche Zeit, meist im August, freuen wir uns wieder auf die Sternschnuppennächte, dann kommt der sogenannte Perseiden-Strom und beschert uns Hunderte von Sternschnuppen in nächtlichen Stunden. In einem Jahr beschlossen meine Schwester und ich, eine gemeinsame Sternschnuppennacht zu verbringen. Sie kochte eine leckere Mahlzeit und wir quatschten den ganzen Abend. Um Mitternacht gingen wir in ihren Garten und klappten gemütliche Liegen aus. Bewaffnet mit dicken Wolldecken, Kissen und einem Bier legten wir uns auf den Rücken und starrten in den nächtlichen Himmel. Plötzlich fing das Schauspiel an, erst vereinzelt schwirrten einige Sternschnuppen über unsere Köpfe hinweg, dann kamen mehrere gleichzeitig. Wie die Kinder riefen wir jedes Mal "da! Sieh doch! Hast Du die gesehen?" und zeigten in die entsprechende Richtung. Manchmal sahen wir sie gleichzeitig, manchmal entdeckte sie nur einer von uns, weil wir ständig in die unterschiedlichsten Richtungen schauten. Dann ärgerten wir uns, wenn der andere sie entdeckte. Und bei jeder einzelnen Schnuppe wünschten wir uns etwas. Natürlich wurde der jeweilige Wunsch nicht verraten, denn aus Kindertagen wussten wir, dass der Wunsch nur in Erfüllung geht, wenn man ihn geheim hielt. Stundenlang beobachteten wir das Naturschauspiel. Nach so langer Zeit der Konzentration ermüden Augen und Körper, unsere Gespräche verstummten und wir starrten einfach nur noch nach oben in den schwarzen Himmel, langsam müde werdend. Plötzlich gab es ein lautes "Wuuuuuuuusch!" und wir schrien gleichzeitig laut auf. Eine riesige, weiße Eule flog mit einer irrsinnigen Geschwindigkeit und einer enormen Flügelspannweite genau über unsere Gesichter hinweg. Sie flog sehr tief und erschien uns dadurch riesig. Man kann sich kaum vorstellen, wie wir uns fühlten, denn wenn man die Augen ruhig auf die Ferne eingestellt hat und dann so etwas Unerwartetes passiert, ist dies ein wahnsinniger Schreck. Durch unsere lauten Schreie waren wir wieder hellwach und lachten, weil wir uns fragten, wie viele Nachbarn wir aus dem Schlaf gerissen hatten. Wir beschlossen, dass wir nicht zu Nachteulen taugten und gingen glücklich und zufrieden ins Bett.

Nina und ich sind beide etwas esoterisch angehaucht. Wir glauben, dass es mehr Dinge zwischen Himmel und Erde gibt, als vielleicht andere Menschen. Meine Schwester ist immer auf der Suche nach neuen Seminaren und Kursen, auf denen man sich fortbilden kann. Irgendwann einmal telefonierten wir wie üblich und sie sagte, es gäbe in ihrer Stadt einen Schnupperkurs zum Thema "Entspannung, Hypnose und Trance". Das hörte sich so spannend an, dass ich beschloss, mit ihr zusammen dort hin zu fahren und so meldeten wir uns an. Sie holte mich ab und wir fuhren in das entsprechende Zentrum, in dem dieses Seminar stattfinden sollte. Der Moderator war ein gelernter Hypnotiseur und wollte mit dem Kurs den Menschen die Unterschiede zwischen Entspannung, Hypnose und Trance beibringen; und zwar mit kurzen Übungen und einer Vorlesung. Er war sehr sympathisch und die Vorlesung war alles andere als langweilig. Es wurde erklärt, welche Unterschiede die Übungen ausmachen in der Entspannungstiefe, was dabei passiert und es wurden Vorurteile ausgeräumt (viele glauben ja, man wäre in Hypnose willenlos oder wache vielleicht nicht mehr auf).

Danach wurden wir in einen Nebenraum geleitet, der mit gemütlichen Matten und Kissen ausgestattet war. Dort hatte man Gelegenheit, nach seiner Anleitung für jeweils zehn Minuten jedes der drei Dinge zu versuchen. Ich war zwar heidennervös, ließ mich aber darauf ein. Als erstes kam die Entspannung. Wir legten uns auf die Matten, Nina und ich natürlich nebeneinander und schlossen die Augen. Der Moderator leitete die Entspannung ein mit sanfter Stimme und angenehmen Bildern. Dazu kamen dann einige Körperempfindungen, denen wir nachspüren sollten. Die zehn Minuten waren viel zu schnell vorbei und ich spürte, wie ich mich sichtlich entspannt hatte. Als nächstes wurde die Hypnose eingeleitet. Ich lauschte wieder der beruhigenden Stimme, fühlte mich aber nicht tiefer entspannt als in der vorhergehenden Entspannungsübung.

Auch diese Übung endete schließlich und wir machten wie besprochen in einem Zug weiter. Jetzt ging es um Trance. Ich war gespannt, denn ich hatte zwar schon mal davon gehört, aber nie eine Trance erlebt. Wieder kam diese sanfte Stimme und suggerierte uns Bilder. Wir wurden angeleitet, in einen imaginären Garten zu gehen. Wir sollten uns vor unserem geistigen Auge vorstellen, wie wir einen wundervollen Gartenweg entlang gehen, die Blumen und das frische Gras riechen. Wir betrachteten einen imaginären Himmel mit seinen Wolken und kamen schließlich an eine Art Gartentor. Von dort aus sollten wir uns eigene Bilder schaffen, wie der weitere Weg aussieht. Seine Stimme hörte ich kaum noch, ich erlebte nur meine eigenen Bilder. Ich sah einen strahlend blauen Himmel mit ein paar weißen Federwolken, ich roch den Duft der Blumen ringsherum und sah einen Schmetterling, kurz - ich war völlig weg, bis ---- plötzlich eine Pizza durch das Bild flog! Ich war nahe dran, laut aufzulachen, dachte aber, ich bin in einen Zustand geraten, der weit tiefer als Trance sei. Ich sah also dieser Pizza nach, die ihre Kreise durch meinen imaginären Himmel zog. Dann wurden wir wieder erweckt und ich schüttelte den Kopf über dieses Erlebnis. Wie zuvor besprochen wechselten wir wieder in den Vortragsraum, damit jeder die Gelegenheit zum Austausch über das Erlebte hatte. Nina und ich setzten uns auf die Holzstühle und der Moderator fragte, was wir erlebt hätten und ob jemand sich äußern wolle. Das war der Moment, wo ich hysterisch zu Kichern anfing. Ich stellte mir vor, wie ich ihm von der Pizza erzählte und er mir attestierte, dass ich bekloppt sei. Nina schaute mich von der Seite an und sagte zuerst nichts. Dann flüsterte sie plötzlich:

„Sag mal, hast Du Lust, gleich ´ne Pizza zu futtern?"

Ich brach in Gelächter aus und erzählte ihr leise

von meinem Erlebnis. Ich sagte:

„Ach, DU hast mir die Pizza geschickt, was? Plötzlich flog in meinem Garten diese Pizza rum!"

Nina und ich brüllten vor Lachen. Ja, sie konnte sich nicht mehr auf die Übung konzentrieren und dachte nur noch daran, ob wir gleich diese Pizza bei unserem Lieblingsitaliener bestellen würden. Durch das unglaublich starke Band, dass uns verbindet, kann ich ihre Bilder manchmal sogar empfangen und umgekehrt. Wir wurden auffällig und der Moderator fragte, ob wir ein lustiges Erlebnis gehabt hätten. „Nichts Besonderes!", sagten wir. Es wäre zu kompliziert gewesen, unsere Gabe zu erklären. So hatten wir einfach einen entspannten Nachmittag und einen wundervollen Abend mit unserer Lieblingspizza!

Ich wachte auf und hatte Zahnschmerzen. Nicht irgendwelche Zahnschmerzen, sondern diese Art von Vernichtungsschmerz, der alles überdeckt. Völlig in Panik, rief ich Nina an. Ich muss dazu sagen, dass ich neben den üblichen Panikattacken eine ausgewachsene Medikamentenphobie habe. Einer meiner damaligen Chef´s hatte mir mal ein Lokalanästhetikum gespritzt aufgrund von Nackenverspannungen, von dem ich fast gestorben wäre. Mein Kreislauf brach

zusammen, ich schwitzte wie ein Tier und das letzte, was ich von ihm hörte, war:
„Scheiße, Blutdruck unter siebzig, ich krieg die nicht mehr!" Danach wurde es dunkel und er hat ganz schön geackert, um mich wieder ins Leben zu rufen. Das Medikament, das ich damals bekam, ist mittlerweile nicht mehr auf dem Markt wegen zu vieler Todesfälle als Nebenwirkungen. Seit diesem Vorfall nehme ich nicht mal mehr eine Aspirin, wenn ich Migräne habe.
Mein Chef meinte, es wäre eine Medikamentenunverträglichkeit gewesen und ich sollte bei Lokalbetäubungen vorsichtig sein. Am Besten sollte ich mir in Zukunft auch einen Zahnarzt suchen, der Reanimieren könne! Bis dahin hatte ich einen sehr netten, älteren Zahnarzt. Als ich ihn danach aufsuchte, lehnte er eine weitere Behandlung ab, da er nicht darauf eingerichtet sei. Er hätte schon lange keine Notfälle mehr gehabt und wäre nicht sicher, ob er in einem solchen Fall noch eine Vene treffe. Ich war zwar frustriert, rechnete ihm aber seine Ehrlichkeit hoch an. Durch Nina wechselte ich zu einem ganz jungen Zahnarzt in ihrer Stadt, der auf Angstpatienten eingerichtet war. Er arbeitet mit der Lasermethode, die in vielen Fällen die Spritze ersetzen kann und auch mit Hypnose. Einmal machten wir nur einen Termin zu einer

Testhypnose ohne Zahnbehandlung. Nach der Hypnose legte er die Hand auf meine Uhr und fragte, wie lange ich meinte „weg" gewesen zu sein und ich sagte: „Vielleicht so zehn Minuten?" Es war eine satte dreiviertel Stunde, ich habe nichts mitbekommen. Leider funktionierte die Hypnose nicht mehr wieder, weil ich beim nächsten Mal wusste, das er eine Behandlung plant und ich viel zu panisch war. Dennoch machte er eine Laserbehandlung bei einem Zahn und ich spürte keinen Schmerz. Er erklärte, dass der Impuls des Lasers schneller sei als die Rückmeldung des Schmerzes zum Gehirn. Zunächst glaubte ich ihm nicht, wurde aber eines Besseren belehrt. Leider ist die Laserbehandlung nur möglich bei Zähnen ohne Amalgamfüllungen. Und der Zahn, um es jetzt ging, hatte eine solche.

Jetzt saß ich da mit meinen Zahnschmerzen und wusste nicht mehr, was ich machen sollte. Wie immer, wenn Not am Mann ist, stand Nina wenige Minuten später vor der Tür. Natürlich hatte sie mich inzwischen als Notfall bei diesem Zahnarzt angemeldet und ich zog mich völlig überrumpelt an. Wir fuhren dort hin und ich brach in Panik aus und heulte. Der Zahnarzt war supernett und redete eine halbe Stunde mit mir. Ja, er wäre für Notfälle ausgerüstet. Nein, der Zahn sei so kaputt, dass eine Wurzelbehandlung fällig wäre - oder er müsse gezogen werden. Nein, der Wurzelaufbau bräuchte mindestens drei Sitzungen. Und ja, er hätte auch das Medikament, was ich vertragen würde und laut Allergiepass vertragen hätte. Und noch mal nein, er würde den Zahn nicht ohne Spritze ziehen, um mich nicht abartigen Schmerzen auszusetzen, die unnötig wären.

Ich heulte und war verzweifelt. Eine dreimalige Sitzung würde ich nicht durchstehen. Der Zahn sollte raus. Aber die Spritze wollte ich auch nicht. Ich erinnerte mich, dass ich einmal zum Ziehen eines Weisheitszahnes in einer Klinik für Angstpatienten war und die Ärzte dies mit Hilfe eines Anästhesisten an meiner Seite geschafft hätte. Daraufhin meinte der Zahnarzt, es wäre sinnvoll, vielleicht dort hin zu fahren. Ich heulte wieder, weil ich wusste, meine liebe Schwester hat sich extra Zeit genommen, hat mich abgeholt, ist mit mir hierher gefahren und jetzt kneifte ich. Sie sah mich nur an und nickte. „Möchtest Du da hin? Dann fahren wir jetzt." Ich kann gar nicht sagen, wie sehr ich sie in diesem Moment geliebt habe. Wir gingen einfach raus und fuhren heim. Zu Hause machte ich einen Termin in der einige Kilometer entfernten Angstklinik. Zwei Tage später, in denen ich mir mit Nelken und Eisbeuteln behalf, fuhren wir dort hin zu einem Vorgespräch. Tatsächlich, der Arzt, der mich damals behandelte, war noch da. Er beriet mich ausführlich und nahm mich mit meinen Ängsten ernst. Er versprach, das gleiche Medikament wie damals zu benutzen, welches ich schließlich gut vertragen hätte. Ich bat darum, einen Termin zu wählen, an dem wieder ein Anästhesist im Hause wäre, denn das gab mir das Gefühl der nötigen Sicherheit, falls doch etwas passieren sollte. Während des Gespräches musste ich doch einmal raus gehen, weil mein Herz zu rasen anfing. Dann wurde der endgültige Termin vereinbart.

Am Stichtag wachte ich auf und beschloss, meine Nervosität noch weg zu schieben. Ich dachte einfach, ich könne noch rappelig werden, wenn wir fahren, denn bis dahin waren es noch zwei Stunden. Meine beste Freundin Silke kam, um auf meine Tochter aufzupassen. Als Nina mich abholte, beschloss ich erneut, mir erst später Sorgen zu machen, denn die Fahrt dauerte eine dreiviertel Stunde. Kurz vor der Autobahn fing ich dann doch an zu Zittern und kramte nach meinen Rescue-Tropfen, einem homöopathischen Bachblüten-Präparat. Zu allem Unglück hatte ich diese zu Hause vergessen. Nina lachte und sagte: „Mach das Handschuhfach auf, da sind Rescue-Bonbons drin!" Die gab es nämlich nicht nur als Tropfen, sondern neuerdings auch als Bonbons. Ich nahm die Blechdose heraus und stopfte mir gleich fünf Stück in den Mund und kaute darauf herum, als Nina ganz trocken bemerkte: „Das sind übrigens Pferde-Lekkerlis!" Vor Lachen prustend, spuckte ich ihr die halbe Ladung Bonbons gegen die Frontscheibe. In der Klinik angekommen, gingen dann doch meine Nerven Richtung Nullpunkt. Ich setzte mich auf den Behandlungsstuhl und zitterte wie Espenlaub. Der Zahnarzt kam hinzu und meinte, der Anästhesist wäre gleich da. Die Tür ging erneut auf und - herein kam - ein griechischer Gott! Etwas übermüdet und zerknautscht aussehend, so als hätte man ihn gerade aus einem Bett gezerrt, aber ein wahrer, braungebrannter Adonis. Er legte mir vorsichtshalber einen Zugang in die Vene, an der ein Tropf mit Kochsalz befestigt wurde, denn er meinte, im wirklichen Notfall könnte er so schneller handeln. Dabei gab er mir das Gefühl, alles im Griff zu haben. Okay, dachte ich, wenn ich schon sterben muss, dann bitteschön in diesen Händen. Auch ein schöner Tod, von einem Model-verdächtigen Mann umgebracht zu werden... Der Zahnarzt brauchte noch ein paar Minuten und wir warteten. Der Anästhesist gähnte genüsslich und kratzte sich am Rücken, wobei er seine OP-Kleidung hochschob. Ein klitzekleiner Seitenblick zu Nina reichte aus, um uns beide grinsen zu lassen. Was für ein Anblick! Wir ergötzten uns an diesem braungebrannten

Rücken und ich schämte mich fast... Dann fing er an, völlig verpeilt in seiner Tasche zu kramen, während er in Alufolie gewickelte Pausenbrote hin und her schob und irgendetwas suchte. Meine Schwester und ich kicherten leise, denn seine desorientierte Art hatte etwas niedliches an sich. Der Zahnarzt kam und spritzte das Medikament, während Nina meine Hand hielt. Fünf Minuten später wusste ich, es würde nichts passieren, denn die Reaktionszeit auf mögliche Unverträglichkeiten war vorbei. Der Zahn wurde gezogen und es war zwar unangenehm, aber ich war froh, als er draußen war. Nina, die ja angeblich nicht gut mit fremden Menschen reden kann, unterhielt sich noch geschlagene zehn Minuten mit dem Anästhesisten über das Thema "Wenn-Taschentücher-versehentlich-mit-in-die-Waschmaschine-geraten", da er dieses Event bei seinen drei Kindern kürzlich erlebt hatte. Ich konnte nur schweigend mit dem Mund voller Tupfer dem Gespräch folgen.

Wenige Tage später bekam ich starke Schmerzen, da ich wie üblich geraucht hatte, obwohl es verboten war. Die Gerinnung war gestört und das Loch verursachte die Schmerzen. Ich telefonierte mit Nina und sagte: „So ein Mist, jetzt habe ich das gleiche Problem wie letztens!" Dann begann ich, meinen Haushalt zu machen. Zwanzig Minuten später klingelte es und vor der Tür stand: Natürlich Nina! „Zieh Dich an, wir fahren zum Nachgucken!" Ich stotterte: „Nee, lass mal, ich hab ja gar keinen Termin..." Nina lachte, „doch! Hast Du! In einer halben Stunde!" Meine Schwester verfluchend, zog ich mich an. Die olle Hexe hat sofort da angerufen und mich überrumpelt! Insgeheim freute ich mich aber, dass sie mich so sehr liebte. Dieses Mal hatte ich auch keine Angst mehr, denn ich bekam ja keine Spritze mehr. So kam es, dass ich auf dem Behandlungsstuhl saß und Luftgitarre spielte, während wir auf den Zahnarzt warteten. Der spülte das Loch mit einer Salbe aus und wir fuhren wieder. Wenige Stunden später öffnete ich eine E-Mail von Nina, die zwei heimlich mit dem Handy aufgenommene Bilder enthielt: Ich, auf dem Zahnarztstuhl, Luftgitarre spielend!

Meine Tochter bekam ich erst im Alter von fast vierzig Jahren. Als ich den positiven Test in den Händen hielt, war ich überrascht und erfreut zugleich und geriet so in Panik, dass ich Nina anrief. Die lachte und freute sich darauf, endlich Tante zu werden. Immer wieder ermunterte sie mich mit einem "Du schaffst das schon!", wenn ich in das alte Muster namens "ich-pack-das-nicht" verfiel. Nina war mit die Frau der ersten Stunde, als ich zum ersten Mal zum Arzt ging und den Embryo im Ultraschall bestaunten. Ich hörte einen ohrenbetäubend lauten Herzschlag und fragte: „Oh Gott, ist das meiner?" Der Arzt lachte und sagte, nein, es wäre der meines Babys. Nina und ich brachen zeitgleich in Tränen der Freude aus.

Meine Schwangerschaft verlief regelrecht und ohne Komplikationen. Abgesehen von den üblichen Heulkrämpfen, der Gereiztheit und den sonstigen Symptomen, die dazu gehören, ging es mir gut. Nur in den letzten Wochen wurde ich immer unruhiger und hatte keine Lust mehr, denn der Bauch wurde enorm schwer. Mein Rücken schmerzte, mein Baby trat mir derart in die Rippen, das ich nur noch im Sitzen schlafen konnte und ich hatte eine riesige Angst vor der Geburt.

Einen Tag, bevor ich ausgezählt war, wurde ich morgens wach und hatte extreme Schmerzen. Ich wusste instinktiv, dass es so weit war. Zwei Stunden später bat ich meinen Mann, mit mir ins Krankenhaus zu fahren, denn die Wehen kamen im 5-Minuten-Takt. Im Auto bekam ich zusätzlich heftige Panikattacken und mein Mann drückte mir sein Handy in die Hand, auf dem er bereits Ninas Nummer angewählt hatte. Ich war selten so froh, ihre Stimme zu hören. Im Krankenhaus angekommen klingelten wir an der Kreissaaltür. Eine nette Hebamme, die ich schon von meinem Vorstellungsbesuch her kannte, öffnete und ich wurde sofort in ein Untersuchungszimmer geleitet. Die Tür ging auf und neben meinem Mann tauchte meine Schwester auf! Wie sie das innerhalb von wenigen Minuten geschafft hatte, aus einer anderen Stadt zu kommen, war und ist mir bis heute unbegreiflich.

Ich wurde an den Wehenschreiber angeschlossen und schob die Tatsache, dass es mir besser ging darauf zurück, dass mein Mann und meine Schwester anwesend waren. Eine Ärztin kam herein und untersuchte mich. Sie stellte fest, dass der Muttermund noch keinen Zentimeter geöffnet sei und dass man auch keinerlei Wehentätigkeit feststellen könne. „Gehen Sie nach Hause, das dauert jetzt noch ungefähr zehn bis zwölf Stunden, denn der Muttermund öffnet sich in der Regel maximal einen Zentimeter pro Stunde!" Am liebsten hätte ich mich an der Untersuchungsliege festgekrallt, denn ich wollte nicht nach Hause. Ich war doch froh, endlich im Krankenhaus zu sein! Die Schwester war unerbittlich. „Was wollen Sie denn hier? Zu Hause ist es doch viel schöner. Und Panikattacken sind kein Grund, zu bleiben!" Völlig frustriert fuhren wir alle wieder nach Hause. Keine sieben Minuten später setzten erneut die Wehen ein. Nina stoppte die Zeit und bestätigte, dass sie alle vier Minuten kämen. Bei jeder Wehe hätte ich schreien können; es war ein Gefühl, als ob mir jemand ein Messer im Rücken herumdreht. Plötzlich geschah etwas Merkwürdiges. Ich konnte vor Schmerzen nur noch Stehen und lehnte mich an den Esstisch, als mir meine Schwester bei der nächsten Wehe ihre Hände in den Rücken presste. In dem Moment schoss der Schmerz senkrecht durch die Beine in den Boden und verging. Während er sich vorher minutenlang hielt war es plötzlich, als ob sie wie durch Magie dieses Stechen in die Erde umlenkte. Jedes Mal, wenn ich wieder scharf Luft holte, legte sie wieder die Hände an mein Becken und der Schmerz wurde erträglich. Nina rief erneut im Krankenhaus an und sagte, dass die Wehen jetzt alle vier Minuten kämen. Sie bekam zur Antwort "das kann nicht sein, die war doch eben erst hier! Legen Sie sie in die heiße Badewanne. Wie gesagt, das dauert noch lange!". Nina schob mich ins Bad und bugsierte mich in die Wanne, während mein Mann uns süße Teilchen vom Bäcker holte. Er hat wie Nina die wundervolle Fähigkeit, stets ruhig und gelassen zu bleiben. Im heißen Wasser wurde der Schmerz schlimmer. Nachdem ich mir noch schnell eine Puddingbrezel in den Schlund schob beschlossen wir, erneut in die Klinik zu fahren, auch wenn nur zwei Stunden vergangen waren. Ich hielt das einfach nicht mehr aus. Während Nina, die mit dem eigenen Auto fuhr und mein Mann einen Parkplatz suchten, schwankte ich schon in die Eingangshalle und auf den Aufzug zu. Das verdammte Ding stand natürlich im vierten Stockwerk und hielt auf jeder Etage, während ich, bei jeder Wehe laut aufstöhnend, meinen Bauch hielt und fluchte. Zwei Frauen, die ebenfalls auf den Lift warteten, beschlossen kurzerhand die Treppe zu benutzen, während eine Dritte mit mir einstieg und wissend nickte. Ich stolperte in den Kreissaal und kam direkt auf den Entbindungstisch. Die Hebamme rief "meine Güte, zehn Zentimeter! Wie haben Sie denn DAS gemacht in nur zwei Stunden???" In dem Moment platzte die Fruchtblase. Plötzlich waren auch mein Mann und meine Schwester da; es war, als wären sie nie weg gewesen. Später habe ich einmal gefragt: "Wer von Euch hat mich eigentlich ausgezogen?" Mein Mann antwortete darauf: "Niemand, Du warst schon ausgezogen, als wir kamen. Wir mussten doch einen Parkplatz suchen!"

Mir fehlt ein großer Teil der Erinnerungen, denn die Geburt dauerte trotzdem sehr lange und meine Tochter musste Spätnachmittags dann doch mit der Saugglocke geholt werden. Ich war einfach froh, die beiden an meiner Seite gehabt zu haben. Als ich auf der Seite lag, hielt mein Mann meine Hände, während meine Schwester weiterhin ihre Hände in meinen Rücken presste. Die beiden waren ein tolles Team. Mein Mann durchschnitt mächtig stolz die Nabelschnur und ich war heilfroh, dass meine Tochter Nele Charlotte endlich auf der Welt und kerngesund und munter war. Bis heute frage ich mich manchmal, wie meine Schwester das gemacht hat, dass der Schmerz erträglich wurde und sich der Muttermund innerhalb von zwei Stunden von null auf zehn Zentimeter geöffnet hatte. Ich weiß, sie kann ein wenig Reiki und hat auch sonst einiges an Fähigkeiten auf dem Kasten, die schon nicht mehr von dieser Welt sind. Aber dies und die Tatsache, beim ersten Mal im Tiefflug zeitgleich mit uns im Krankenhaus anzukommen (wohlgemerkt hatten wir einen siebenminütigen Weg, während sie wie gesagt aus der Nachbarstadt kam), ist mir immer noch ein Rätsel. Sie hat es halt drauf, denke ich dann immer. Wie üblich bestreitet meine Schwester, irgend etwas damit zu tun zu haben...

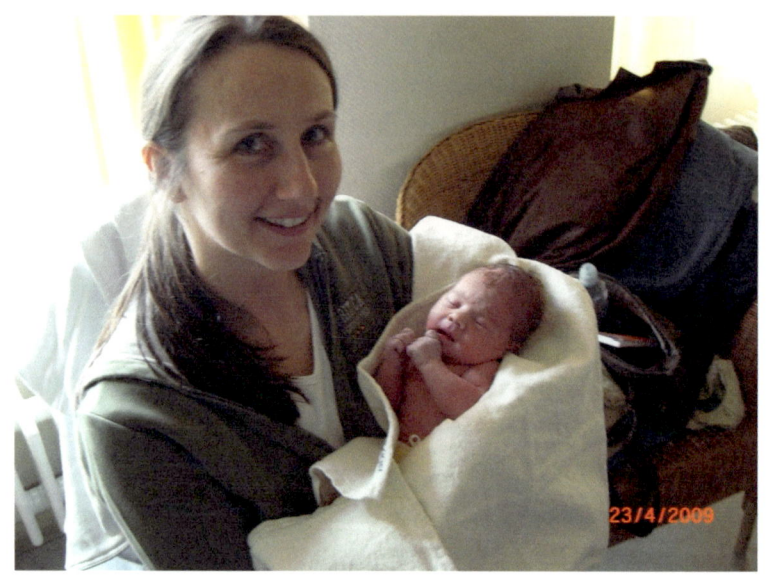

Wie es sich für einen richtigen Geburtshelfer gehört, leistete meine Schwester auch eine exzellente Nachsorge, und zwar bis heute. Sie steht mir ständig mit Tipps und Tricks zur Seite, seit der ersten Minute. Im Krankenhaus besuchte sie mich fast täglich, besorgte mir Getränke und Leckereien. Mein Mann kam natürlich jeden Tag und brachte alles mit, was ich benötigte. Ich schrieb eine lange Liste, was wir zu Hause alles brauchen würden, denn die Schwestern schulten uns, was so ein Kind außer Liebe und Muttermilch noch benötigen würde.

Bis zu diesem Zeitpunkt hatte ich mein Kind stets auf der Säuglingsstation unter den sachkundigen Augen der Schwestern gewickelt. Als Nina am vierten Tag wieder vorbei schaute beschloss ich, mein Kind zum ersten Mal in meinem Zimmer zu wickeln. Ich war noch völlig erschöpft von der anstrengenden Geburt und hatte dazu nur wenige Stunden geschlafen. Meine Nerven lagen ziemlich blank. Ich legte Nele auf den Tisch und zog sie aus, als es plötzlich ein platschendes Geräusch gab und Nele einen halben Meter weit auf die Wickelauflage und über meine Hände kackte. Im Gegensatz zum Wickeltisch der Säuglingsstation gab es hier kein Waschbecken in Reichweite und ich brach entsetzt in Tränen aus, während meine Schwester schallend lachte. Heulend lief ich in das angrenzende Badezimmer und wusch mir die Hände. Als ich zurück kam, lachte Nina immer noch, hatte aber mein Baby komplett gereinigt und neu gewickelt, denn es lagen Feuchttücher in der Schublade. Sie bekam sich fast nicht mehr ein, weil ich so ein Drama machte. Sie betonte immer wieder, dass ich alles gut machte und lockerer werden müsse.

Zu Hause war ich in der ersten Zeit auch noch total unsicher. Wickeln konnte ich zwar inzwischen richtig gut, hatte aber immer Angst, richtig zuzupacken. Diese kleinen Hände und Füße, so zart und zerbrechlich... Das Telefon hatte ich immer irgendwie in Reichweite, für alle Fälle.

Eines Tages hatte ich Nele gerade gewickelt, als ich ihr einen neuen Body anziehen wollte. Ich zog den Strampler ganz vorsichtig über das kleine Köpfchen und wollte nun ihre kleinen Ärmchen durch die Ärmel schieben. Die Schwestern hatten gesagt, man müsse aufpassen, dass man wirklich alle Fingerchen packt, bevor man das Händchen durch den Ärmel zieht. Ich zählte also nach. Ja, alle fünf Fingerchen hatte ich in meiner Hand, jetzt musste ich nur noch ihr Händchen durch den Ärmel ziehen. Plötzlich gab es ein Krachen und Knacken und ich ließ erschreckt los. Nele fing an zu Kreischen. Ich riss den Telefonhörer aus meiner Hose und rief Nina an.

„Nina! Hilf mir, ich habe meinem Kind die Finger gebrochen!" schrie ich, während Nele mich mit ihrer Lautstärke fast übertrumpfte und ich Nina schluchzend erklärte, was passiert war.

„Quatsch!", sagte Nina und fing an zu Lachen. Heb bitte mal ihren linken Arm hoch."

Ich diskutierte zuerst, sicher, meinem Kind noch mehr Schmerz zuzufügen, hob aber dann ihren Arm leicht an.

„Und?", fragte Nina, „was siehst Du?" Ich besah mir das kleine Ärmchen, als ich plötzlich den Riss in der Stramplernaht entdeckte.

Nina gab wieder ein schallendes Lachen von sich. „Weißt Du, das passiert wohl allen Müttern einmal. Die Babys sind nicht aus Porzellan! Bevor Du denen die Finger brichst; und so fest packst Du nicht zu, krachen die Nähte in den Klamotten. Also, bleib locker." Ich musste erleichtert mitlachen. „Sind die echt nicht so empfindlich?", fragte ich.

„Nee„, prustete sie, „Ich hab noch nie gehört, dass einem Baby mal der Kopp abgebrochen ist!"...

Geburtstage werden bei uns grundsätzlich gemeinsam mit der Familie gefeiert. Einen Geburtstag ohne meine Schwester könnte ich mir gar nicht vorstellen. Schwierig wird es allerdings bei der Wahl der Geschenke. Auf die Frage, was sich Nina denn wünscht, kommt grundsätzlich ein "gar nix! Weiß nix!" Mittlerweile habe ich mir schon angewöhnt Wochen im Voraus zu fragen, aber leider mit dem gleichen Effekt. Ich weiß nie, was ich ihr schenken soll oder womit ich ihr eine Freude machen könnte. Sie trinkt nicht, sie hat keine außergewöhnlichen Hobbys, sie steht nicht auf Nippes, sie sagt niemals so etwas wie "boah, ich hab da was gesehen!" und kauft sich eigentlich alles selbst, was sie gerne hätte. Ich wünschte, ich könnte sie mal wirklich überraschen und ihr eine Riesenfreude machen. Sie selbst hingegen versteht es, mich immer wieder mit etwas Besonderem zu überraschen. Weil sie zuhört. Manchmal sage ich bei unseren Telefongesprächen beiläufig etwas, was ich dann wieder vergesse. Wenn ich etwas Schönes gesehen habe, wenn mich ein Buch anspricht oder mir einfach etwas fehlt. Nina hat zum Beispiel ein wunderschönes, dreieckiges Regal von einem schwedischen Möbelhaus, auf das ich immer neidisch war. Oft stand ich davor und betrachtete es lächelnd. Leider war dieses Regal seit langem ausverkauft und wurde auch nicht mehr nachproduziert. Nina schaffte es durch unzählige Anrufe tatsächlich, noch eines ausfindig zu machen und nahm mit Freude einen sehr langen Weg bis nach Duisburg auf sich, um es zu besorgen. Meine Freude war natürlich riesengroß. Ein anderes Mal besorgte sie mir ein Spiel, welches es nicht mehr gab und Freunde von uns hatten. Wir spielten es so gerne, aber auch dieses gab es nicht mehr. Die Hersteller hatten einen so immensen Verkaufspreis (150 D-Mark damals), dass keiner mehr das Spiel kaufte und es vom Markt kam. Auch dieses Spiel besorgte sie irgendwie und schmiss mit meiner ganzen Familie zusammen, um es zu einem Geburtstagsgeschenk zu machen. Manchmal sind es auch einfach nur liebevoll durchdachte, selbstgemachte Sachen. Sie bescherte mir einen wundervollen Entspannungstag nach meiner recht anstrengenden Entbindung. Ich bekam eine Tüte mit vielen kleinen Paketen drin und einem großen Anleitungszettel. Alle Päckchen waren nummeriert. Ich las zum Beispiel, dass ich Paket Nummer eins für einige Stunden in den Kühlschrank legen sollte. Dann sollte ich mir Badewasser einlassen, Päckchen zwei öffnen und den Inhalt in das Wasser geben. Es handelte sich hierbei um ein schönes Schaumbad. Dann sollte ich Päckchen Nummer drei und vier öffnen und auf den Wannenrand stellen. Ich fand darin eine Kerze in einem Glas und Streichhölzer sowie eine ganze Packung Schokoladenriegel. Laut Anleitung musste ich dann Paket Nummer eins aus dem Kühlschrank holen und ein Glas mitnehmen, denn darin befand sich eine kleine, jetzt gut gekühlte Flasche Sekt. In dem nächsten Päckchen befand sich ein witziges Taschenbuch, welches ich auch bereit legte. Als ich das letzte Geschenk auspackte, befand sich darin ein selbstgemachtes „Bitte-nicht-stören" - Schild, auf dem groß stand: „Männer- und kinderfreie - Zone! Bitte nicht stören. Mutter mit Ich-Zeit!", welches ich lachend an die Türklinke hängte. Mein Mann kümmerte sich um unsere Tochter und ich hatte eine wundervolle Stunde für mich, in der ich total entspannt im warmen Wasser lag, ein Buch las und Sekt und Schokolade genoss. Diese Stunde war für mich wie eine ganze Woche Urlaub.

In diesem Jahr allerdings habe ich mir auch etwas Besonderes für Nina ausgedacht, denn ich werde ihr dieses Buch widmen! Oft unterhalten wir uns über alte Zeiten und dann merke ich, dass sie vieles davon vergessen hat. Und oft bestreitet sie, dass sie dieses oder jenes gemacht hat, kann sich aber das Lachen nicht verkneifen. Am Schlimmsten aber finde ich, dass sie mir nie glaubt, wie klasse sie ist! Jetzt bekommt sie es schriftlich und kann es nachlesen, vor allem, wie viel sie mir wirklich bedeutet. Happy Birthday, geliebte Schwester!

Danksagung

Mein Dank gilt an dieser Stelle meiner besten Freundin Silke, die immer an mich und meine Projekte glaubt und mir Mut macht. Ohne Deine ständigen Ermunterungen hätte ich es nicht geschafft, dieses Buch innerhalb von wenigen Wochen rechtzeitig zum Geburtstag meiner Schwester fertig zu stellen.

Ich danke meinem Mann, der sich mit mir über jeden Bucherfolg freut und mir stets eine objektive Meinung gibt, wenn ich unsicher werde.

Weiterhin danke ich meiner Nachbarin Claudia, die mir meine Tochter oft „entführt" hat, wann immer ich gestresst war und eine kleine Auszeit benötigte.

Zu guter Letzt natürlich ein großes Dankeschön an meine Schwester, für all die schönen Erinnerungen, für´s Zuhören, Trösten und für Deine Liebe.

über die Autorin:

Claudia Aretz lebt mit ihrem Mann und ihrer kleinen Tochter im Rheinland. Die leidenschaftliche Hobbymalerin schreibt regelmäßig Gedichte und Kurzgeschichten in einem Internet - Forum und für die Literatur-Edition "Feierabend".

Veröffentlichungen:

2008
Mitautorin der Anthologie
"Einst in langen Nächten" von Friederike Amort
(Edition Lebenszeichen)

2010
Mitautorin der Anthologie
"Ganz schön frivol - endlich wieder Limericks"
von Rita Keller (Edition Zaubergarten)

Einzelband: "Gut gepfeffert - heitere Gedichte
aus dem Alltag" von Claudia Aretz
Books on Demand GmbH, Norderstedt
ISBN 9783842307377

2011
Mitautorin der Anthologie
"Zeit für Poesie" von Rita Keller
(Edition Zaubergarten)